为你捧一树花开

胡见宇 著

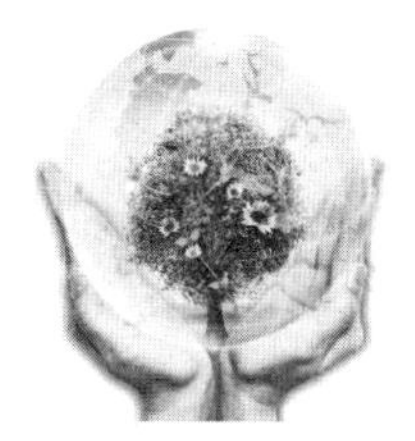

光明日报出版社

图书在版编目（CIP）数据

为你捧一树花开/胡见宇著. --北京:光明日报出版社,2019.10

ISBN 978-7-5194-4952-0

Ⅰ.①为… Ⅱ.①胡… Ⅲ.①诗词-作品集-中国-当代 Ⅳ. ①I227

中国版本图书馆CIP数据核字（2019）第228405号

为你捧一树花开

WEI NI PENG YI SHU HUA KAI

著　　者：胡见宇

责任编辑：谢　香　徐　蔚　　　　责任校对：傅泉泽

装帧设计：王　立　　　　　　　　责任印刷：曹　净

出版发行：光明日报出版社

社　　址：北京市西城区永安路106号，100050

电　　话：010-67078248（咨询），010-63131930（邮购）

传　　真：010-67078227，67078255

网　　址：http://book.gmw.cn

E - mail：xvwei05@163.com

法律顾问：北京德恒律师事务所龚柳方律师

印　　刷：东莞市信誉印刷有限公司

装　　订：东莞市信誉印刷有限公司

本书如有破损、缺页、装订错误，请与本社联系调换　010-67019571

开　　本：140mm×203mm　　　　印　张：7

字　　数：69千字

版　　次：2019年10月第1版

印　　次：2019年10月第1次印刷

书　　号：ISBN 978-7-5194-4952-0

定　　价：38.00元

序

我认识胡见宇十多年了。他当时正为镇里办一份名叫《香飘四季》的内刊报纸，担任主编（负责人）。当时，我很佩服他的敬业与勤快。《香飘四季》原来是著名作家陈残云在东莞麻涌创作的小说，镇里为了打造宣传文化品牌，创办的内刊报纸也起名《香飘四季》。那些年，那份内刊报纸是镇委、镇政府的喉舌，是镇里舆论宣传的主要阵地。为办好办活这份内刊报纸，胡见宇风风火火，东奔西跑，忙得不可开交。他采编的新闻年年有作品在市里获奖，他还曾经获得东莞市文化精品扶持奖励。

后来，我更欣赏胡见宇的诗心与诗情。论事业，胡见宇这个年龄段的人有很多比较成功的，他只是一个普普通通的宣传工作者。他给我留下深刻印象的是他的性格。在珠三角这经济为上的大环境里，能够保持一己的率真、质朴的本性，是难能可贵的。胡见宇热情似火，是一个奔走在自己梦想中的人。他的诗不仅仅反映了自己生命的轨迹，也是这个伟大时代的见证。每一首诗都经过了诗人的精心打磨，短小精悍、简练明快，值得一读。“于是/ 我会沿着梦的方向/ 深深浅浅的去远行/ 我会抱着拯救的心态/ 真真切切的去唤醒/于是/ 我会将梦的美丽/ 打造成色彩缤纷的爱巢/ 把整个冬天的冰雪融化……”（《追梦》）

麻涌镇是中国千强镇，广东省中心镇，位于珠江口东岸，属亚热带海洋性气候，土地资源丰富，平原辽阔。这里植被丰厚，河涌遍布四野，香蕉园、湿地、河涌，是一个到处充满诗情画意的生态魅力之地。尤其是华阳湖国家湿地公园建立以来，这里生态环境优美，风景如画。在这里，写诗读诗，都是自然而然的。人们在此处的言语，就如河涌交错的诗意一样自然。胡见宇从一个编辑转而成为诗人，也是像湿地海浪的流水一样，顺理成章。他的诗以抒情见长，爱是他诗中随处可见的一大特点。爱生活，爱工作，爱朋友，当然，也爱偶遇的靓女风景。呵呵。晨跑健身、工作采访、民风民俗……所有日子的点滴，都成为他笔下热情的诗句。“这是五月/ 摇曳的荷塘/ 绽放的花海/ 悠扬的粤韵/ 侵吞着所有迷乱……”（《爱上你是我的错？》）字里行间，书写着一个美妙的人生，也歌唱出对这个新时代的感悟。

“我们擎起桨页/ 一如擎起绿色发展的旗帜/ 我们擎起桨页/ 就是擎起都市田园的明天……”（《龙舟赋》）扒龙舟原本是麻涌本地人们喜爱的一种极有特色的民风民俗活动，在改革开放发展的过程中，逐渐演变成为麻涌体育事业蓬勃发展的一个体育竞技项目。在国内外顶级赛事中，麻涌龙舟队自2013年1月以来夺得108项奖项，其中冠军67个。国际比赛冠军17项。就在今年6月，麻涌代表中国出战，获得了国际龙舟最高赛事第28届艾格丽萨国际龙舟邀请赛精英混合组400米、精英混合组100米以及国家对抗赛400米三项冠军。胡见宇不但热情地赞美歌颂这欢腾的场面，而且还从诗歌中延伸出更高更深的寓意，将那奋力挥舞的桨与麻涌的美好明天联系起来，写出了催人奋进的诗句。

诗人作为他乡之客，字里行间，纵然有千番遂愿，也免不了对故乡江西的牵情。在《听闻有雪》《今又重阳》等诗篇里，诗人毫不吝笔地抒发自己的思乡之情，那一份思念情真意切，读来分外感人：“听闻有雪/ 一个尘封已久的概念/ 即刻活跃起来/ 鹰潭下雪了/ 一幅雪域山川的美景/ 穿行脑际……”（《听闻有雪》）“孩提的时光镜里/ 有一幅爷爷奶奶的画/ 蓑衣斗笠遮掩不住的伟岸/ 全部遗落在他们慈祥的微笑里……”（《今又重阳》）

《为你捧一树花开》，这是胡见宇为自己的诗集所取的书名。我在想：这其中的“你”，涵括的是什么？诗人的情、爱，支点落在了哪里？我不想面面俱到地一一道说，请你仔细地读，在字里行间去体验他人生的情缘点滴，去与他一同感受那飞腾中的大好时代、大好河山。诗意的麻涌，曾先后荣获“全国文明镇”“中国最具特色魅力乡镇”“全国生态文明先进乡镇”“全国绿化先进集体”“中国曲艺之乡”“中国粮油物流加工第一镇”等荣誉称号，正在以飞速的发展，领航祖国的乡镇。相信胡见宇在这样的大好机遇中能更加振奋，写出更多更好的诗篇。

钟明

2019-07-28于广东·东莞

（钟明，女。广东岭南师范学院音乐学副教授。现为自由诗人。广东省作协会员。“中国新诗百年”全球华语诗人诗作评选•新诗百年百位最具活力诗人。《诗选刊》2018年9月头条诗人。二十世纪八十年代开始发表诗作，已出诗集《夏日里最后的玫瑰》（德宏民族出版社1998年出版）、《南方》（江西百花洲文艺出版社2009年出版，该书被广东省湛江市委宣传部评为2011文化艺术精品一等奖）、《阴柔之显》（2012年长江文艺出版社出版）。诗作散见于《诗刊》《诗选刊》《星星》《绿风》《诗潮》《诗歌月刊》等。）

目　录

魅力十行

水乡情缘

山水之恋

古韵新风

WEISHI BUWEI

微诗不微

三行
单行十二字
整诗三十字
驾驭微诗之车
不能超限行驶
犹如螺丝壳里做道场
身体越瘦
就越有你施展的空间

1、冰雹

玉帝抛弃了谁
眼泪流下来　很痛
伤　剪一片春风成碎片

2、待我长发及腰

回眸惦记一帘幽香
飘逸柔软线条
瞬间升华一脉风景

3、雨春

隔帘绵针如梦飘落
砸痛了谁家心事　窗外
花草偷欢摇曳万种风情

4、水车

禾苗拔节声响惊动春风
吹来田畴绿浪
母子　连心　来回拉动农耕文明

5、千叟宴

承一脉厨香　煮幸福风情
长者风骨　舞动文明春雨
杯酒诗里　敬畏岁月流年

6、夕阳红

打点暮色行装
用七彩心灯点亮最后旅程
芳华散落怡景天下

7、春晓

犁万顷沃野
播种格局激情奔放
心有秋天　向着那一树梦想进发

8、春跑

挽梦留不住笙歌与黎明
阳光温情抖落鼾声
听　有一串律动在放歌

9、情人谷

用岭南梅雨驱赶北疆积雪
挖一汪融心湖盛深情
宁静悠然川流伴琴声声慢

10、梨花雨

醉卧香榻揽春风十里
几瓣柔情入怀　惊飞山鸟
空谷回声　传经典素白记忆

11、迷蝶香

心湖最深处捞上一条美人鱼
那是前世被我娇死的精灵
用恬静馨怡来陪伴今生

12、月光簿

用一弯冰洁作香气盖头
柔美激怒了谁家牛郎
狂砸奈何桥

13、清明

虔诚心香为先祖点亮
鞠一躬　揉孝德入怀
撼醒炎黄乘一缕青烟笑对寰宇

14、尘世书

做你琴声里的一个音符
无畏坎坷不惧冷暖
顺着指尖走完人生交响

15、芦花白

触碰清瘦柔绵心跳耳热
水岸清风丝缕
飞絮飘一季静秋素美典雅

16、忆沧海

心路黄页时常被柔情翻开
谁　无情撕烂的那一角
总是刺痛初心

17、黑与白

青丝与银发撕扯
竟然吓跑岁月流年
荣誉过往被逼扛起和事大任

18、大雁归

承载无数风雨穿越
信念生成大写的人字
飞舞中　逐梦激情鸣放天宇

19、鸳鸯谱

点一炷恩爱香火
拜一座永世情山
即便化蝶也形影缠绵

20、穿汉服的女子

柔情盈袖携琴韵款款走来
撒一路古典幽香
迷醉多少珠帘半掀的花眼

21、望天路

谁把琴弦送上云端
仙风弹奏一曲红尘情歌
伴弯月勾起人世沧桑记忆

22、愚公

银须作笔写一部大智传奇
线装汗墨填满励志章节
美谈留香千古

23、问春

借桃花坞深处那几瓣娇红
描一幕多彩心事
心存眷恋　醉美风景留几许

24、故乡情

炊烟里飘出一份记忆
老水牛憨厚地驮着童年蹚过
小桥流水人家　烟雨入画

25、泪泉吟

情殇奈何桥　心酸千万季
谁家织女又怀春
星河日月同哭泣

26、草

绿色梦幻渲染整个春天
和风将你揉成手心里的宝
爱心无限远播天涯

27、牵手

用爱妆点情山
十指相扣穿越翻腾心海
许诺恋至白头

28、红色故事

草根树皮与胃口打架
苦水汗滴凝结千古诗画
绝美风景屹立东方

29、月上柳梢

银辉乘风而去
差点掀翻露营帐篷
是甜蜜悄悄话　留住了故事

30、谷雨

风月浅行至春的拐角
绿浪扑来浸润诗行
谁家杜鹃闺秀煽情吟诵

31、立夏(一)

惊雷炸响有热度的季节
将满树桃红沉入心湖深处
期许陌上风景　有绿透艳珠帘

32、立夏(二)

蓑笠翁执念一份勤勉
邀约荏苒时光　煮酒话耕耘
多情春风送来最具颜值之吻

33、立夏(三)

驾乘十里春风
远赴爱琴海
与岁月谈一场逐浪之恋

34、农忙

赤脚诗人做田里文章
勤勉耕耘横竖错落有致
老黄牛翻开几页心情倍爽

35、母亲(一)

粗糙的脚板踩着星月纹路
荷锄耕耘五谷记忆
孕育春华秋实儿女情长

36、母亲(二)

妈妈视频里　你干练地瘦着
眼角的泪花怎么也白了
远方儿的手帕　已拧出一串思念

37、五月风情

距离很近却无法靠近
初夏的温度烧不透淡淡浅笑
踮起脚尖　搜寻心的远方

38、月季花

朱红女王撒一瓣馨香
谁家牛郎起醉意掀开盖头
娇艳惊魂散落浅夏

39、绿湾

船已归航停泊心岸
湖被蓝色精灵打磨成镜
一汪倒影　讲述春天的故事

40、梨花雨

等你　在宿命的拐角
没有风月心有些乱
牵手纯白的风景一切安好

41、豆蔻年华

娇嫩这一季童趣
携激昂花蕾画一幅青春图
远行列车传来爽朗的笑声

42、工地午餐

汗水掺进粗茶淡饭
抢　咽下一片高楼风景
城市与你邂逅倍感荣光

43、孕

每一天都在聆听精彩
语言很不安分　传递誓言
成长要幸福地哭着说出来

44、香蕉狗

从农地到室内座上宾
这条金黄精灵毫不怯场
艺术赋予她不朽的生命

45、游湖

泛舟穿越小桥流水人家
揽清新入怀　惊岸边飞鸟
移动的风景留下醉美诗画

46、野牡丹

生性如此瑰丽与刁蛮
却不能唬住阳光　春天里
总是被温暖得大红大紫

47、笋

破土就是为了秀美
嫩芽里那藏不住的刚直
直顶云天　抒写气节史话

48、长城

丈量亲抚好汉标尺
听不远处京调秦腔
远古与现代交融着骄傲容颜

49、绿

暖风定格瞬间美好
谁不赞叹这生长的风景
春色已催生很多梦想

50、520

相拥幸福那棵树
静待花开　真情拔节成长
一起宣言爱没有禁果

51、十指相扣

再野的心经过这份融合
就成为爱的信号源
谢绝盲点　穿透风雨人生

52、下一站，守候

莫问我的坚持有多远
有星月做伴静待微笑袭来
花开你的心房　馨香满屋

53、浅梦繁花

你走进我朦胧的情感世界
芳香被输入血液系统
心里的温柔　摇曳成一片惊喜

54、童年

牛背写春秋情节被暮色打断
雀跃为赶一场露天电影
翌日　稻草鬼子全是残缺面孔

55、我愿做佛前那朵莲

每天笑脸接待尘世虔诚
心有善缘无视冷落
清纯致远护一方静好

56、又到栀子花开时

喊一声阿妹　情歌顺风对流
诗意表白粉嫩而耀眼
不远处柔美馨香变幻交替

57、丁香花

花纸伞走过雨巷　撒一路馨香
回眸浅笑 秋波百媚生
谁不暗恋这紫红有度的风景

58、那一程，有雨

牵手暮色听梦呓叮咛
天空抛来细细的银线
绑住万般情爱　留下缠绵江南

59、远方的家

土砖瓦房叠影青菜萝卜故事
炊烟温柔描述饭菜味道
那一树馋鸟　踏歌赴宴而来

60、你是我最美的新娘（微组）

（1）

前世那一场浴火烧到今生
心热得发紫　爱不曾改变
牵手那一刻　情被瞬间融化

（2）

触摸心跳　发觉有欢愉的音符
指尖划开羞涩的云层
春风过处　桃花摇曳成醉美诗行

（3）

执子之手扶旷世香犁
与山水林鸟一起耕耘心田
沿着家的方向　收获一生挚爱

61、缘起偶遇

走过心路要塞　惊逢太阳雨
紫荆花撕扯彩虹　蓝天在浅笑
美丽瞬间揣入爱琴海

62、风声

你天外飘来
仙音柔语搅乱候鸟心事
踏露高飞深情传递诗与远方

63、夏至

掂量季节温度又到沸点
怀揣一片阴凉　走进诗意乾坤
一路倾听蛙蝉声一片

64、荷韵

蜻蜓吻蕾　目光游离周边妩媚
池中仙子笑对一切生灵
那一抹斜阳送来醉美清晖

65、茂盛的孤独

一支烟头　沉默良久窜进酒杯
火花熄灭关头　心事在咆哮
爱与恨转头空

66、分数线

几个阿拉伯数字炼狱尘世
独木桥外　揽一片生机
心已跨越梦想高地

67、七夕

相遇红尘点亮爱河心灯
命运拐角遭遇奈何桥
自此　思念经典阅千古

68、雨荷

倾注一池幽梦心被绿醉
天边飘来淅沥的情愫
戏拽花香妩媚溢出莲眉

69、水乡风景

花红与柳绿抛出媚眼
狂秀水韵江南却留不住
有心事的轻舟寻春而去

70、捕鱼

鸬鹚听令蓑笠翁潜入深水
船舱鱼虾渐满　暮色红灯笼
映衬一幅绝妙水墨风景

71、飘远的红丝带

茅舍横笛　惊破花蝶春梦
流水落情　桥生蜜意
无奈炊烟搭伴白云　袅袅逝去

72、牵手远方

岁月通幽 清风相伴
化身一行飞雁无关南北
只为成就风景欢歌撇与捺

73、夜

用黑色做一幅屏障
偷星月余辉　点亮爱情荧光
风动心湖涟漪泛起阵阵远香

74、荷塘浅爱

一对蜻蜓滑落绿色停机坪
顾盼亲昵　生一池情晖
彩虹赶来　与莲瓣一同送祝福

75、沏壶悲欢，独饮

明知沟壑横阻无法穿越
仍壮心不死梦想拥有童话
用真情写就人生注定无悔

76、最美遇见

深山隐蔽拐角
触碰野史天书　那一抹清香
醉了唐风宋雨　心被意境打湿

77、百香果

墩尚枝头挂满乡愁
田头花语　醉了山鸟蜂蝶
绿藤架下　品味酸甜人生

78、门前那棵树

毽子踢上叶梢被风赶下来
童声开始不着调　累困
枕着慈祥的根睡了

79、放牛

赤膊线上　是晒不黑的童年
树枝当枪牛背干仗
打下野趣烙印铭记一生

80、梯田的早晨

绿梦醒来来不及洗漱
阳光已张开最绚烂的笑脸
顺着山岗次第抚慰

81、出海

渔船与新日相吻
期许捕获美丽未来
凌凌波光柔和岸上牵挂

82、桥

立身万仞沟壑之上
揽山风云雾　吞奇景异物
如悬疑大片　惊醉过客

83、雨一直下

就以为自己是一根葱
得意发泄　不管人间悲欢
洪水咆哮怒吼　还不打住

84、风声过后

停下脚步　回眸百里春光
阳光正好杨柳不燥
心灵浮动天籁情歌　飘香致远

85、动情时刻

月夜一叶扁舟游动心海
有爱相守　等候靠岸
激越香吻　成就醉美风景

86、屈原

艾草香里寻《离骚》的味道
包裹爱恨情仇　粽情依然
江边号子响起千年的回声

87、圣井山

扁担开花铁牛上树
神话已活成经典
龙虎韵味穿云过雾绽放精彩
（注：圣井山为江西鹰潭境内的山名）

88、外卖小哥

影子总是风一样完美
演绎街巷列传春华秋实
为他人食为先成就芳华

89、大暑

蝉从不午休不知疲倦
情感热辣烫了谁的心
夏无语　鸟雀和着瞎闹腾

90、错过，一杯月色

樟树老了记忆犹在
那年挥别寄梦牵手
银辉动容泻落一片深情

91、黎明

那一线光走进心窗
安抚失眠的情感
又一轮新日点亮希望

92、烈日之下

心安放在你的胸口
有你呵护永远不会被烤熟
穿越夏季收获满满

93、多年以后

点击生命档案　翻开心灵页面
那份归隐的童真活了
在煽情的诗行里爬行

94、不说再见

话到嘴边又咽了回去
远方有诗　在青春的拐角
下一站晚秋枫林深处

95、那一眼

世间最酷的回眸
恰如尖刀温柔飞来
割我心头肉　痛到灵魂

96、勇敢的心

癞蛤蟆痴心邀约天鹅
体香穿越红尘唱起情歌
世俗惊叹　留下几许美谈

97、爱过的痕迹

伤疤有灵性　思念飘飞时
总是隐隐作痛　还好
诗成镇痛药抚慰岁月流年

98、军旗

插向魔鬼心脏猎猎作响
疆域布局安宁　处处唱起雄歌
新时代福祉保证

99、六月，晚风轻唱

竹林摇曳　捕捉农舍光影
爱河清新　流过门前小桥
生灵长夜聆听绿梦交响

100、杏花村

阳光有些暧昧　青果羞涩着脸
一树绿语　惊忆美酒往事
牧童笑了　谁家醉翁又错花期

101、七月，在诗行里纳凉

静夜思 唐风宋雨
谁　把季节热词扔进心湖
那一圈涟漪惊艳灵魂

102、眼泪

心湖　装一腔温情
爱　入骨髓繁衍
灵魂深处　涟漪溢出

103、在水一方

心潜佳人方向　听琴声飘远
折一截柳枝　打磨诗韵
和　夏月秋风呓语

104、古梅生态农业园(微组)

(1)小火车

一声汽笛　拉响生态之旅
携几分童真远行　沿途窃喜
一览农耕经典 笑声飞天外

(2)老同学部落

重拾年少那点轻狂
让旧梦再度温馨 同桌的你
是否记得那条分界线

(3)采摘风景

每天 瓜果蔬菜含笑
静待喜欢天然味道的你
情到深处 欣然一同回家

(4)稻田画

七彩祥禾 组成灵动文字
传统农耕念起现代经
惊艳冲击你的视觉

(5)花海

花事 每个季节变换主题
蜂蝶萦绕的风景
让爱 在心湖靠岸

MEILI SHIHANG

魅力十行

十行

可以写就十全十美

十行

可以描绘百里风光

十行

可以临摹千姿百态

十行

可以展现万种风情

十行诗里

有你的惬意人生

1、因为刚好遇见你

如果长发及腰那一念想还在
我注定会在迷茫的梦里等你
可你在春风的那一头飘忽不定

珠帘卷起看见有花含羞
那是你初长的娇心吗？

因为有诗和远方
阳春白雪与下里巴人对话
才会有柔情似水的瞬间

记住这一切我们走过的春季
花海里浸润着丝丝缕缕的蜜意

2、花开已秋

蝴蝶走错了路
距离花开的梯田越来越远

蜜蜂很想牵手

可总是发出一种无力的鸣叫

原来这不是心的错误
是花的流年太短
延误了太多生灵的梦想

还好未来我们会有丰收的果
色泽丰韵到武装所有人的味蕾
不远处就是沁人心扉的风景

3、走进绿意

从春色里抽一些怜爱
放进柔和的大地不经意间
疯长成一片蜂蝶恋花的世界

远处青黛山峦有一些矫情
裹着松涛翠竹款款而动
已有春风在采编她们的花絮
你我可以静候窗前收揽诗意信息

谁的汗水留在这片绿水青山
堆积的绿色梦想很纯很美桃花源里
风雨过后只剩下金山银山的传说

4、约一朵梨花

春风吻过那一树纯白
留下的几许温情暖和了整片花影
溪流轻唱小鸟欢歌心被俘虏

很想借一柄香锄过农耕生活
携梦里阿娇驻守花田梨下
让这与世无争的风景永恒

此时远方的果掀开她诱人的一页
心很不淡定情难于张扬

于是顺着果的方向
邀约一朵梨花共度爱的时光

5、假如，可以遇见

心里有无数次邀约
都被卡在咽喉思念很胀痛
娇艳傲骨有香袭来魂上云天

梦想过有一天
抚琴听晚风月洗心头念
肩膀给远方依靠温暖冰心

心起波澜不想错过风月机缘
又走进梦幻如烟的春风十里
设想在心的桃花源里
有一片遇见的风景秀美人间诗行

6、春，截一段春光给我

一段馨香流出花田心事
杜鹃和鸣拨动绿色心弦
一曲春之交响妩媚爱之乐章

很喜欢溪流伴筝吟唱
古典与实景碰撞生发柔美
心被点点矫情置换成一团绵沙

或许眼里的美好是一场梦呓
时光杯里盛不下我太多的奢望
只求在春的一角静静地祈祷
截一段春光给我留我心房

7、纸上雪

淡淡的与你相约在梦里南山
纤纤玉指拨弄出摄人心魄的音符
空谷回声星月争相向你表白

很残酷的冷不经意间到来
冻醒了温暖的梦
摇曳的雪花冷藏了我的激情

同时冰冷的还有你的无奈
不过你的活泼童真却开启了心的春季

于是我还是笑了因为
落在纸上的雪始终在点亮我的远方

8、路过你的时光

你恬静地站在时光隧道的拐角
将乡愁含在一首首纯真的童谣里
炊烟燃起远去的梦呓
薰衣草的世界灌满沁人心扉的紫韵

木屋与风车拾起的记忆尤为甜蜜

你简单安静又不乏娇媚的背影
似乎在讲述一段凄美的爱情故事
微风吹动遐思随秀发与裙摆飘逸

不能不说这是一处绝妙的风景
以至你走进了很多人的诗画里

9、丁香缘

很远就望见你
从戴望舒的《雨巷》走来
可你并不是结着愁怨的女孩

执着得近乎固执
绕不开理还乱的紫色精灵心早已融进
你那小巧玲珑细长的花瓣

机缘巧合亲近你的那一刻
触摸到你暗结同心的心跳

从此听着你那纯真无邪的花语
不离不弃的誓言里常常有花香

10、你是我最美的相遇

顺着浅夏的节奏
捎上紫气东来的日子
扭动汉唐韵律踏歌相拥

都说你是临波仙子
一袭撩人心魄的绿影
行走进岁月静好的梦幻王国

飘逸风骨里蕴藏灵动的悟性
将五月打点成相思的季节
一起点缀这生态恋情吧
驿动的诗里读懂你丰韵的体香

11、浅夏

风微暖快递一份清新到窗前
眼膜视屏里有一幅大山风景画

百花有香蜂拥而来
吞下的甜转化成自然的蜜

溪水欢歌山鸟和鸣
密林深处谁在解读原始密码

纯真年代是这里永恒的风景
弹唱一曲乡音感悟几许风月情怀
浅浅的笑容总能牵动上帝的心
世外桃源的梦里总有你我的甜

12、林花谢了春红

用什么情分去感动紫霞仙子?
只有永恒的大话西游还有我
骨子里透亮的坚定的眼神

又一个春季渐行渐远
借着久远的虔诚 应我
湿漉漉的邀约触碰心灵

爱就在瞬间到来
踏着紫韵的灵光到来

心里的桃花谢了 可这
蜜月期的绿意却馨香四季

13、梅子青时

远山烟雨 飘柔一片缠绵
轻吻枝头青涩心在吟游
那一树爱恋何时熟透

听不到山鸟说湿漉漉的心事
溪流浅唱一首古老情歌
梦里南山生长着淡淡的思念

天际在期待一个有阳光的日子
可以摧毁一切阴霾与酸楚的日子
远处炊烟升起漂浮不定的路径
是否在描述一个诗意未来

14、凤凰花开

那一抹恬静的红挂满枝头
一路青紫烟雨诉说绵绵情话
下一个路口有谁在等候

很期待有一种语言说你最美

但耽搁在心口一切都顺从了花语
痴迷于如此惊艳的梦境
心湖深处早已荡漾万千风情

轻轻地我触碰你的娇媚
与无数欢歌的蜂蝶一起分享
都市田园里的醉美浅夏

15、山韵

大山深处绿色情歌响起
竹林摇曳出的那片记忆
是很远的风花雪月还有喜怒哀乐

山路弯弯伸向这淅淅沥沥的风景
农舍含情脉脉迎接了你我
就是那杯青梅煮酒醉了心田

阳光送来贴心的暖
“谁家炉火热茶烟起千朵”
现代与古典交融出一个浅夏
一个很有内容的山野浅夏

16、揣着阳光上路

草很低调但始终很自信
哪怕粉身碎骨也深怀春的梦想

冬天很冷酷却坚信能孕育春色
由此有很多极限在这个季节闪光

踏一路雨露心愿被爱打湿
有梦的一切都有生机日月星辰从
不敢误相信时间宝贝的必胜格言

心就是如此豁达如此硬朗
那是因为前行的行囊里
始终有普度灵魂的金色阳光

17、香飘四季

残云如墨挥写麻涌精神风景
独树渔村一帆连同蕉乡风韵
带入世纪花园的记忆里

一本书到一条旅游线路的距离
是游客体验乡村风景的愉悦
更是久居于斯的市民那幸福的浅笑

春来了 摇着小船出发
一路听取岭南乌镇的传说
还有比乌镇更现代的田园诗画
清风吹来心灵与自然已经无缝对接

18、又听蛙鸣

田埂连着成片有故事的青苗
雷声过后雨在清唱
湿漉漉的爱掀起绿色波浪

恋上乡村的夜一年又一年
不变的协奏曲不紧不慢
邻家女孩婉约矜持抚琴和鸣
一曲明月几时有唱响阡陌共婵娟

隐隐约约风语赶来
融入这个田园美好
和谐友善的境界里你我静好

19、雨的印迹

喜欢把爱缠绵在栀子花开的季节
有暖暖的风吹来你内心里的笑
纯纯的一如花瓣上的白

点击天空里飘洒下来的链接
嫩芽新绿花开花谢
感恩你妆点柔美网页的勤勉
成就这一片深情阅读

就这样你走向更有挑战性的季节
悄悄地带走了所有的思念
未来阳光家族里会有你的风采吗

20、山风吹来

将心灵放置最高峰　　与云接壤
自下而上飘来绿的味道
浮云不再寂寞　　唱着欢歌
天然氧吧　新词很流行
绿水青山妆点一份林间高雅

蜂鸟闲情逸趣　语言婉转动听

从山脚到山顶　心路与风景一起蜿蜒
气息始终沁人心扉
游客上下穿梭　惬意飞起来
银瓶山传奇的风　再续传奇

（注：银瓶山为广东省东莞市第一高峰）

21. 快意龙舟

湖面游动一个千年传说
宏厚激越唤起两岸血脉偾张
鞭炮声与笑声被浆频律动声响淹没

或许这就是水乡不老的传说
众浆汇聚力量形成穿越神速
从华夏渔村一路划向世界波浪笑了

湾区科创新港生态品质麻涌
新航程启程瞬间万民齐心
“奋勇争先”已经进入思想浆频
美丽梦想快意逐浪未来彼岸花定盛开

22、我是一片云

喜欢你不是空喊口号
我会化作一片云　飘忽在你的头顶
护佑你的美丽　也含偷窥你的所有

你或许不知道　云不是触不可及
心与你相连　知道你的喜怒哀乐
为此总喜欢变换着脸谱　逗你开心

有时候　我即使炸响在天空
请你不要惊慌　因为我是为了天更蓝
你若安好　便是晴天
我会始终追随你左右　直到地老天荒

23、背影

凝视一段记忆触动心房
目光背离最初的梦想
思念岂止是那一抹斜阳

古驿道石街上有一串脚印

承载千年负重的痕迹
黎明那线光亮不断重叠着温馨

喜欢山浅唱海怒吼
喜欢牵挂你渐行渐远的灵魂

如果远方有你的微笑那我
一定是闪亮在你心底的彩虹

24、花开半夏

蜻蜓贪恋荷尖风景
总想摁住花蕾停留在呆萌时刻
可满塘冷艳却按照自己的节奏
争相开启妩媚一展花季青春

红的黄的白的紫的她们
纷纷用有个性的语言展现大美
蜻蜓被一池娇媚忙乱不知所措只好
像护卫侠士盘旋在荷花仙子头顶

乌篷船摇进深池没有惊动生灵
只是带着芳香与惬意悄悄地离开

25、七一，诞生的伟大

平静中一声惊雷红船出航
信仰就成为不变初心
穿透黑暗搏击黎明

有过无数风雨飘摇的日子
人民的声音总能唤醒正义

有过惊涛骇浪的时刻
坚定的信念总能力挽狂澜

历史垂青南湖风景因为这里
深情孕育镰刀斧头的鸿鹄大志
复兴与强国之梦日益临近

26、温一壶明月泡泸酒

书香与琴声邀约而至银辉如洗
与星辰一起垂涎一窖酒香

这如同1573一样别致的泸州风景

穿越时空激越后李白们的灵意
温一壶明月对酒谈论仙诗妙曲
魂兮归来国粹芬芳

习惯于慢一点的节奏
柔媚抚琴儒雅听风
不经意间向世人奉献了一个
现代与古典完美演绎的酒城

27、荷塘月色

晚风送来你的期许
和着夏夜的蛙鸣
搅乱着一池荷塘的平静

远远地就闻着你的清香
甜甜地缓缓涌进我的心扉

蜿蜒的夏总有烦躁的心情
而此刻更多的是宁静与平和

月的清晖抹平很多的不悦
记着你的好记着曾经的拥有
如此安然地享受这一份逍遥

28、蝉歌嘹亮

童年的蝉声很美好
穿越许多的故事依旧悦耳动听

那时候蝉声就落在小院
与鸡犬相闻组成一道风景

蝉声传递着所有关于夏的信息
传递着纯朴的乡愁与恋情
蝉为乡野生活辛勤伴奏
有时蝉歌还是幸福的催眠曲

岁月流年忘不了记忆中的生灵
那一曲蝉歌将嘹亮到永远

29、放牛

到点了牛总会在栏里死命呼叫我
对我的惰性有些急躁与愤怒
栏门一开嘟囔着撒腿就跑

牛与我的默契似乎与生俱来
不用我赶它都知道要去的方向

牛依恋青山绿水人相伴玩耍嬉戏
享受青草地毯的柔绵与风轻云淡的唯美
童谣飞出牛背牧歌点亮星辰

物换星移岁月不再这种时光
竟然成为土豪级奢望心有些不甘

30、夏天的主题

蜿蜒的夏还有没有尽头
知了却永远知不了真相

热 是一浪一浪地扑过来
老水牛精得很卧水得意浅笑
远山飘来休止符也无力吐槽这个夏

其实南方的夏并不讨厌
满山的鹰嘴桃三华李等夏日清凉
痴迷了谁还有多少人的心被甜透

于是，热恋暗恋等等恋情故事

就不经意间在这片热浪中生长起来

31、夏夜之恋

朦胧月牵出一根红线
那头有你这头有我
静静地欣赏蛙鸣协奏曲

你的目光直视我的时候
我的心有些发慌这一刻相聚
会不会是最后的诀别

踩着心湖旧事追月的影子
我们缓行于生命绿道
视线越来越模糊心越来越慌
醒了身边还真没有你

32、七月的光影

时光的走廊没有阴影
一如七月没有雪花没有寒冷

沙滩成堆的脚印点击一个夏

阳光和海浪回复了不一般的热情

都在纵情追逐似梦非梦的海
仅仅是为了炫目的晚霞与晨曦吗
滚烫的心灵做出回声
留下最浪漫的事就是这七月的光影

踏着热浪我们并肩远行
去赶赴一场秋雨收获最美心境

SHUIXIANG QINGYUAN

水乡情缘

小桥流水人家
那些浪漫的事
都是这个都市里的风景

身临其境
烟雨情思让你梦回江南

1、爱上你是我的错？

喜欢梅雨季的雨
一如喜欢朦胧的你
飘拂的雨丝
搅乱一方湛蓝
湖心深处
忽见蜂蝶迷乱

总是在花海
遇见你的腼腆
五月的路
有些许的泥泞
心有些潮湿
怎么总是看见
雨丝滴到的地方
有莫名的秋怨？

这是五月
摇曳的荷塘
绽放的花海
悠扬的粤韵
侵吞着所有迷乱

用鲜为人知的清新
掩饰心的狂乱
飘逸的华阳湖啊
爱上你
会是我的错？

2、草根英雄

胚子是泥土的味道
在乡间一脉心思地成长
忽然有一天技惊四座
世界为之沸腾

其实他们的骨子里
从没有惧怕什么
爱好是他们天生的利器
因为爱好走到一起
失败与胜利都有泪水与欢笑
拼搏成为刹那间的永恒
又一个从头再来的故事
在他们心间激情荡漾

潇洒地仰仰头
身后即刻就是历史

粉迷如潮地点赞
又成为他们下一场胜利的铺垫
太阳升起霞辉万道
草根英雄还在继续书写他们的传奇

3、晨跑

晨曦初露
轻盈如燕的你
不管不顾晨风的嫉妒
播撒一路美丽

摆动妩媚的步伐
脸上淡定如7月的荷
深吸大地灵气
莞尔一笑倾国倾城
动感十足的柔美
刺激了小鸟的安逸
一阵欢叫
恰如经典美韵

你说
用心步去丈量健康
爱就会更加永恒

一步一人生
命运的交响曲
就会更加完美如画

4、晨跑的韵律

漆黑的拐角
是晨风的邀请
于是就有了奔跑的故事

心随曙光一点一点跳跃
脸 逐渐涌上汗滴
有些苦涩
但更多的是春天一样生机

就在脚下
奏着动感的激情
每一步都是意志的写真
在不为人知的领地里
丈量着黑暗与黎明的距离

这是一种律动的美
可以感化冬的冷
抛往身后的风景有些失落

心却在前进的音符里
唱着优雅与姣美的歌

喜欢跳跃的美吗
那就每天来与晨风亲密幽会
在通往康美生活的风景里
享受迎接阳光的快乐

5、春雨

淅淅沥沥的小雨
把春光洗漱得有些腼腆
滴答之音洒落到窗前
勾起一阵遐想
那个乡间小路上的姑娘
花纸伞遮挡的丽影中
是否有一张含羞的笑脸？

丝丝缕缕思乡的情愫
被绵绵细雨包裹
那静默的远山
即便是在喧嚣的闹市
也能感受到春的宏厚
烟雨朦胧的水墨画中

是你在牧耕横笛吗？

淅淅沥沥的小雨
温情点缀着水墨春天
无论那一份乡愁多远
心却被小雨拉得很近
天涯海角
五洲寰宇
小雨飞及的地方
都是存在我心底的暖春

6、大美麻涌

不甘于莞邑西伯利亚之名
扬起蝶变风帆
在南粤水乡一域
独领风骚

曾几何时
香蕉给了你太多完美的记忆
那丝丝缕缕的香甜
柔和了许多人的梦
蕉林深处的情话
竟然穿插了许多莫名的骄傲

改革开放的日子
沸腾了这块香蕉地
淌着石头过河的香蕉人
扔下了发展的痛
环境在伤心地哭泣
伤及肺腑而痛定思痛
大刀阔斧的整治
掀开了激情思变的序幕
从此
华阳湖的波光潋滟
映秀着水乡风景
乡村游的野趣
点亮了游客的心灯
全域旅游的风景
成就了大湾区后花园的传说
情到深处
诗人情不自禁喝彩
都市田园
魅力麻涌

水清了
天蓝了
这是一个祥和幸福之地
妩媚的阳光

抚慰着这里的每一颗心
憧憬未来
他们高昂着睿智的头颅
一个更为美丽的传说
即将盛传于世

7、蝶恋花

破茧成蝶
有了生命的诗行
在春天最美的季节
有了飞翔的梦想

因为前方有芳香
臂膀特别有力量
扛起风雨一路前行
打动着天边的云
铺一路彩霞
为你远行

醉美岁月
是与花香相拥而眠
听取迷人的鼾声
心甜成了最美微笑

有花香鸟语的世界
就有你快乐轻盈的舞步
积淀动人的妩媚
献给爱情公寓
突然
你纵情高歌
享受人间最真最美的香甜

8、房车为你放牧心情

通幽的小径
穿越花香鸟语筑起的篱笆
在静谧的水岸安扎
一帘幽梦
打破乡野的沉寂
将城市的喧嚣抛弃

这是房车营地外泄的柔情
一房一世界
一车一风景
这是浪漫爱情公寓
一群小资的倩影
在妩媚流动的春光里

开启心灵偷欢之旅

此时你就是一个闲人
可以随意地放牧心情
此时你更是一个诗人
将惬意舒心的词汇
装进你甜蜜的诗行
天蓝地绿写就的故事里
有几分狂野
有几分神秘
更有几分心境美妙的欢愉

9、房车里的故事有你吗

一对牵手的小鸟
嬉戏于古典与现代的融合里
放飞的心情
随野趣时光与日月同辉

秋天涌来熟透的视觉美
眼中触及那灵魂的震撼
微风吹来
轻卷城市的喧嚣与疲倦
让亭台楼阁的信步

更具一种皇家的韵律
一种万人景仰的淑贤美丽

绿荫与鲜花
构成这里的主色调
亲水的灵性忘却了时间的久远
爱琴海的声音
弥漫在这片富有情感传奇的天空

小鸟依人的生态情话
会一次一次地传递?
揭开房车别墅的秘密
竟然有很多故事如此温馨
这里的故事里
会有你吗

10、汉家衣裳

穿越千年轮回
我来到汉唐
在一处僻静的竹林深处
我穿上了汉家衣裳
清风徐来
百鸟清唱

谁家炉火起
飘来清茶香
等待了千年的醉景
瞬间斑斓了久远的梦想

手中的长箫回荡山乡
厚重的底蕴暖了汉服靓装
那古老的布料朴素的模样
却无意间惊艳了多少岁月时光
看小乔轻摇几步
读清照幽雅文章
恰似缥缈的世间
有了迷情的天堂

我不在乎异样的眼光
无关风月　无关红尘道场
奏一曲云水禅心　哼一曲弥音绕梁
油纸伞的风韵
引来夹岸的杨柳褒扬
轻轻地闭上双眼
任凭裙摆上的飘带飘扬
长长的发丝在舞动
淡淡的宁静轻抚心房

多想啊多想

这不再是影视剧中的景象
现实中一抹风景里
有我亲亲汉服飘逸的汉唐
多想啊多想
身穿美美汉服
行走在大街上
引来无数钦羡的目光
多想啊多想
从此带着汉服的底蕴飞向远方
在传说中的世外桃源里
享受人生的幸福与安详

11、荷花海洋上的无人机

华阳湖的荷花海洋
携同他上空的无人机
隔空旅行到了德国
世界从此知悉
东方华夏的荷花海洋
有一缕生态的风
很美很甜很自然
悠悠风骨俨然已是世界的范

从无人机的角度

审视华阳湖的变迁
用对开整版的篇幅
与幽默风趣的颂美之声
褒扬青春浪漫的华阳湖

德国商报弗兰克·泽林
又一个异域疆土的友人
将醉美华阳湖的故事讲述
不一样的肤色不一样的语言
不一样的媒介载体
把不一样的水乡在世界传递

从此　荷花海洋是属于世界的
还有那风情万种的无人机

12、荷香不相信眼泪

一塘娇艳
在甜蜜的气流中摇曳
冷峻着一脉相思
在心雨飘落的拐角
独享一份芬芳

曾经的春花秋月

有许多励志的情感
感动着多情的花瓣
经历一个冬日的煎熬
盛夏里故事竟然如此飘逸

亭亭玉立的身影
藏不住的仙子情绪
无论早晨黄昏
还是风动的月色之夜
总是唱一首不卑不亢的歌
让万物动容

花香随风远行
步履坚定震撼一缕妩媚
荷塘深处
始终有一块多情的自留地
纵使会种下枯萎的痛
但荷香总不相信眼泪
来年的春天
又将为爱而歌

13、回娘家

厚重的礼物压弯了山路

走得有些吃紧却被幸福释怀
爱在经受一次年终大考
谁会赢得最终的满堂喝彩？

这是中国式新年的必由乐章
沿袭了几千年的一张孝礼美图
依然高悬在华人的心灵之上
春风又绿杨柳岸
美图又有了更为丰富的内涵

这是一个最为温馨的季节
踏上负重而又充满春情的路
回到爱情的原点
一年又一年地感受当年的誓言
接受那些关切与慈爱的审视
心或许会有些累
但杯酒把欢的亲情碰撞
却点燃了更加生动的爱情
在人生的心路拐角
唤醒着更为唯美的新春画卷

14、记者，记着

风霜雨雪裹成的行囊

穿越春夏秋冬的时令山峰
汗水浇灌着正义森林
铁肩担起了正能量道义

哪里有你的影子
精彩随即铺就你的诗行
爱与憎
黑与白
都在你明镜一样的世界里
晨光炫目的表情线
犀利直达心海

追随真实是你的梦想
脚步深浅不一
却记录着万物之灵
山呼海啸的现场
惊天动地的瞬间
记者，记着
忙而不乱的历史章节

15、蕉林小道

蕉林小道
弯弯曲曲

通向丰收的远方

清晨
我沿着蕉农走过的足迹
寻觅着一种朦胧的意境

泥土的芬芳
浸润裸露的肌体
与汗水打了个结后
捆绑于心
摇曳的蕉林深处
脚步声
惊扰了无名精灵
路边的紫卢莉
抛来腼腆的眉眼
心愿
即刻甜蜜的疯长

突然
霞光透过蕉林的夹缝偷窥
身影布满蕉林小道
我收起粗野的心
专注一份新来的甜蜜

16、跨年夜

跨年夜
总有梦想在疯狂
没有一丝的矜持
在浸润欢乐的人流中
迸发出幸福的火花

谁家推杯换盏
欢庆着甜蜜时光
是丰收的惬意丰满着节庆?
与窗外绽放的烟花
形成了一幅快乐美景图?

谁家小鸟依人
哼唱着温馨恋曲
在灯火阑珊处寄望远方?
与不远处色彩浓烈的跨年倒计时
形成动静的反差意境?

跨年夜的疯狂与静谧
都在圆着一个个色彩斑斓的梦想
都市田园里的故事
或因2017的到来

更为动听？更加传奇？
无论你想与不想信与不信
这里必定更香飘四季

17、流彩的国乐

雨水的节奏
没有阻隔一场国乐风景
细小舞台里
流淌出视听的大经典

指尖拨动高山流水
传情的眼眸
穿越古典与现代
大咖风骨逸动整个舞台
情到深处的演绎
暖和了初冬的夜

国乐盛典刮起民族的旋风
风花雪月的悲喜哀怨
随律动的音符彰显功力
有一方爱在这里启航
再等一处灯火阑珊的风景
蓦然回首

已是一片国乐粉迷痴情的笑声

18、龙舟赋

六月
奔跑的季节
蕴藏的激情
瞬间沸腾
鼓点
让心澎湃无比
呐喊
此起彼伏
激情超越
气势如虹
成千上万双眼睛
一睹厚积薄发的精彩

渔歌唱晚的水乡
约定如期而至
同心协力
向前方冲刺
目标不是很遥远
力量与智慧
闪耀勇士光芒

龙舟之上
必胜信念棱角分明
弥漫蕉林馨香的龙船景
就这样破浪而来
逐浪而去

我们擎起桨叶
一如擎起绿色发展的旗帜
我们擎起桨叶
就是擎起都市田园的明天
劈开艰难险阻
划走踌躇彷徨
团结、拼搏、奋进的鼓点
引领水乡的壮阔与柔美

龙舟精神
将渗入每个人的心灵
大港口大产业
大商贸大旅游
加快发展的每一个故事
都是麻涌的一道美丽风景
这些风景演变成金色浪漫
悍然开启着
新的幸福艳阳天

19、龙舟家族的往事

一幅画
一组诗
一段龙舟家族的往事
一脉挥之不去的龙舟情缘

水乡漳澎
密密麻麻的河流
串起水域风华的片片时光
河岸牵手的故事里
总有水为媒的纹络
因水而居
为水而聚
龙舟这个生长在水里文化的精灵
就此影响着多情的漳澎

这里以龙舟为荣
龙舟的衣钵里
镶嵌着儿时的嬉戏
划动的欢笑
成就着一曲曲英雄的歌
清澈的河水

因为有了桨频的律动
变得更为柔美
这首起源于端午的歌
成为他们的四季畅想曲

漳澎人就这样执着与痴情
上演百年龙舟的浪漫与激情
一个万人大村
在世界的瞩目中
荣光随丹青与墨香飘远

20、龙舟雨

端午季节
来了一场
酣畅的龙舟雨
缠缠绵绵
似乎在传递一个信息
水乡的龙舟雨啊
又将为你
带来一份欢心
带来一份希冀

龙舟雨

甜甜地
扰乱春天纷繁的思绪
轻轻地
拨开夏日迷恋的情意
在芭蕉地
你在吟唱绿色交响曲
时而高山流水
时而激情澎湃
万叶同步齐鸣
演奏梦幻旋律
北丫蕉雨的传说
随风摇曳
“雨打芭蕉”的盛景
余音袅袅
不绝如缕

龙舟雨
宛如水乡少女
灵动、感性、纯情、飘逸
水乡的每个角落
都有你的倩影
春天的故事中
常留你的喃喃细语
你是融进端午的粽香
香飘万里

你有激越龙舟的灵气
香飘四季
农历五月十六
不是梦呓
是激情
是欢腾
更是奋进的向心力

龙舟雨
丝丝缕缕
滋润城市的肺叶
涤荡发展的尘泥
心与美丽麻涌同行
爱在都市田园共聚
吉祥的龙舟雨啊
飘落麻涌千万家
妆点水乡大地

龙舟雨
淅淅沥沥
说起你的故事
总是那么柔情蜜意
龙舟雨
亲亲的龙舟雨
……

21、绿色骑行

相约水岸
与秋风有个亲密的长吻
沿着心路那个方向
踩点精品的微笑
就如此我们骑行在绿道
将心灵的歌放牧
与怡人风光一起浪

小桥流水
田园诗画
乡里人家
毫不掩饰水乡美景的骚动
或在蕉林深处
或在水上森林
或在梦幻绿地
或在爱意亭阁
卷起千堆秋韵
携万般风情
用惊艳的眼神
丈量着属于水乡的张狂与静谧

这就是都市田园
一个绿色传奇
全域旅游的一个骑行季节
甜蜜着秋语花香
温暖了诗情画意

22、绿色幽会

手心里的温柔
感化了久远的绿色
叶子的微笑青春了容颜
沿着密林深处的印迹
牵手夜色的美好
让浮躁的心得到些许的静谧

你是那只贪婪的蝴蝶吗
听到这绿美的旋律
为何总有羞怯的表情
曾几何时的霸道
捕获了多少走失的迷情

还好我在你的远端
静候那份绿色的缠绵
你无法揣摩到我的深情

心路很宽
在小镇的拐角
一脸痴情
吞咽了不少的绿色烟雨

浪漫野趣的绿海
就在你我的纯情世界
卷起冬日的暮色
与心一起踏青

23、梦幻灯光节

华阳湖的夜炫了
集聚于美景里的灯光
用七彩的话语告诉星月
湖光灯色的情话
有成千上万人迷恋

光在湖心律动
影在花海绿洲闪烁
光影组合的现代音乐
陶醉了人间的夜色

欢乐与美艳

为节日里的夜色主调
灯光的美轮美奂
将疲劳的心化为神奇
徜徉在灯的世界
梦幻着无尽的情思

灯光与美景的交融
汇聚震撼的柔情
摇曳于光影之外的唯
美
聚焦着无数的情爱
华阳湖因为灯光
为迷恋的市民和游客
增添了爱的烙印

24、平安夜有远方和诗

平平常常的日子
被祝福的节奏打乱
很不情愿接纳的情结
扰乱了我的思绪

平安夜
不管你愿不愿意

就这样来了
形单影只的浪漫
包裹着淡淡的思念
偷取一束玫瑰放进心里
瞬间绽放出一片春天

不要说我一无所有
远方和诗
陪伴我快乐地游走
平安夜的苹果
一半给远方
一半给了诗
风情万种的故事里
找到了我的那份传奇

25、球场晨韵

清晨
指尖触及朝阳
奔跑跳跃的节奏
打乱心的沉香

我们相约球场
投掷的是希望

梦的方向
总有激情的篮筐
爱上你的圆润
移动的旋律里
是汗水写就的健康

每天
我们会相约晨光
每天
我们会相恋球场
我们会挥洒青春激情
引来蜂蝶的亲善目光
在柔和的晨风里
让生命焕发健美戎装

26、森林小镇

古梅之风远袭一抹绿色
点缀着这一路的渔歌唱晚
伟俊拍岸的高楼
或是纯情依然的亭台楼阁、蕉林小筑
忽然摇身蝶变成为绿色水面的精灵
绿光深邃
柔情绵绵

不只是湖光山色的美
乡村野趣同样书写着绿色童话
以绿为荣以绿为家
在绿的梦境中
总有一片阳光路径显得温馨无比
爱我所绿爱我所爱
倾其所有书写绿色传奇

于是
这里有绿叶红花满屋
这里有绿水蓝天普度
这里有绿草茵茵为伴
这里有绿树成荫无数
这里就是四季如春的节奏
这里成就了一曲完美的绿色交响

心梦原为绿色崛起
绿的前程还在路上
植绿护绿业已成为一种成长思维
都市森林之光
依然是水乡新城的梦

27、师恩

你是一缕阳光
甜甜地驻进我的心里
每一天的微笑中
都有你睿智的影子

你说
你就喜欢这样将你的智慧奉献
燃烧自己照亮别人
你就喜欢将一条开明的路
指引给你的万树桃李

这个感恩教师的节日
或许你还在讲坛
或许你已经被感恩包围
而我
只能遥寄这份真情
致谢师恩

28、十里桃林十里诗

十里桃花

一解陶渊明之梦
那一片汪洋的红
浸润着你我的心扉

桃林深处
拥抱醉梦风情
红与白的柔和
积淀起桃林的妩媚
春风轻抚
一缕幽香携带款款深情
穿越你躁动的胸肌

桃林里最难忘的
就是桃花园里的诗
忘情水淹没的一个个故事
有丝丝缕缕的痛
此刻无语
却波澜起伏
最是心醉的颜色
让春天的风景变得多
情
诗情煮沸一湖涟漪
有爱的温馨岛上
总有桃花的馨香

桃花开了
三生三世的情缘
或许在这里十里长堤绽放
十里桃花十里诗
惊动骚客的意境
与杨柳一起咏春

29、谁持彩练当空舞

夜色很美
包裹着新年的喜庆
人群从四面八方涌来
静候七彩旋律

“嗖”……
一条条彩练升空炸响
梦幻迷人的花色
空中绚丽绽放

火树银花的世界
有着珍藏的记忆
当年臭气熏天的水沟
已成花海靓影
当年邋遢的村落

已是香飘四季
一幅幅农家乐大聚会的场景
已入桃源诗画意境
一次次重乡情乐民意的活动
已烙印进水乡印象

七彩的烟花炸响的是唯美
精彩的2017已经拉响序曲
赤橙黄绿青蓝紫
谁持彩练当空舞？
你！我！他（她）！
将都是彩练的主人

30、水乡早春

蕉林深处
环绕着密集的河涌
把一个个村落弯成一幅画
形成一个个柔美的地域符号
这就是
水乡麻涌

村落间升腾的商业气息
逐渐演变成一个城市故事

一个水一样灵秀的城市
柔和地依偎在羊城身边
临港那边
工业文明透着些惊喜
那些秀美的倒影
是这个水乡泽国最动人的画幅

那些连接村落的拱桥
就是水乡人家的家谱
拱桥的纹络
彰显一路追求变革的激情
河边丑陋的小鸭
经常放飞游人的羡慕情绪
不远处
阵阵嬉戏的童音
正是水乡翠嫩的歌咏
和着春天里的鸟鸣
汇成水乡特有的旋律
河涌里
美丽的姑娘
划动一叶扁舟
咿咿呀呀
爱的谣曲
摇动整个水乡
把一个早春季节

染得翠绿

水乡的早春
演绎浪漫和激情
一群信念坚定的赶路人
在乍暖还寒的季节
脸上透出固有的湿润
路
还很长
精细地计划未来
抱定一个目标前行——
让“东莞威尼斯”的美誉
走出麻涌
香飘四海
香飘四季

31、四月清明天

山里的杜鹃
开成一片鲜红的思念
啼血的春天
撕裂着永远的哀思
在梦的方向
虔诚远行

清明时节
先祖在聆听
山风传送溪流的呓语
山野深处
小鸟有些凄婉的倾诉
让大地动容

断魂的雨丝
湿润祭祀者的思绪
书写在碑文上的哀愁
在清明时节悠然释放

于是
春天在哀思中泛起绿意
打乱了万物拔节的节奏
于是
花海翱翔的精灵
开始迷恋色彩的妩媚
于是
山头回荡的鞭炮声
让先祖在春的美景里醒来
于是
传承于华夏的纯情之花
在思念的气流中绽放

似杜鹃花红
似桃花惊艳
似油菜花田写满大爱

32、送兵

橄榄绿的荣耀
就这样被镶入亲人的心中
此刻
纵有千言万语
难于表述送别的牵挂与幸福
还有蕴藏于指尖的希望

乡音不断
叮咛不止
带着这一方淳朴
即将远行军旅
青春由此点亮迷彩激越
壮志与梦想
随铁血男儿一起远征

去吧
去驻边防守海疆
坚定而义无反顾

鲜花与掌声
不仅在此送别的温情里
更在捎回喜报的期待中

33、探春，心不遥远

春天的颜色很纯
美化世界也渲染我心
你在天涯那头
挥挥带泪的纱巾
我内心滚烫真情
向着思念出发

来了
如一抹朝阳
轻盈地来了
心灵喜极而泣
舌尖的温度融化着别离
心不再是天涯

用鲜花铺就的情感
总有些迷茫
用真诚拈来的鸿毛
情重于泰山

春季里心里的那片艳阳
已把冬的思念驱逐
春暖花开的世界
就在你我的心底
相拥的厚度
丈量着惊世的传奇
梦升起的地方
就是我们的永远的春天

34、桃花恋

向着三月的春色
你轻盈地走来
一树的妩媚
一树的娇艳
醉了溪流
醉了青黛山川

很不经心的脚步
走进了你的世界
经不住你的那份诗心诱惑
我春心荡漾
凝视你赋予这个春天的颜色
缠绵的诗句喷涌而出

其实，不仅仅是我
很多有春之梦想的生灵
都在贪婪地吸吮着你的美颜
你含笑应对着所有的痴迷
不卑不亢，不远不近
用不是矜持胜似矜持的手法
给世间留下了春风十里不如有你的念想

35、田园画

田园里的故事
会有我与你的身影吗
古梅园的情话
总有一扇窗为你打开

不是花为媒
无须情相约
大自然的惠赠
你的心必定漂流此处

沐浴阳光
心情很灿烂
水乡田园的这一首情歌

为你而唱

这是美的呼唤
风景总与画比美
冬日爱的旋律
随美景一起张扬

36、田园之上

发黄的田园记忆里
只是父母的劳作背影
日月星辉
叙述着那一路的稻香
还有炊烟的迷茫与无奈

现代田园里
驻守着一片心怡的风景
一拨一拨的欢声笑语
甜透了主人的心灵

瓜田李下的幽幽情话
让熟透的情谊不断放大
春花秋月约定的誓言
伴随丰韵的土壤疯疯地成长

而后在某一个日子
悄然为爱买单
这一刻天蓝地绿的神迹
长留于脉动的心底

田园热闹出最深的秋里
收获着遍地真情
牧归的老牛又有了青春模样
畅游在心海沸腾着的乡村

37、徒步

喜欢与野外结缘
将一点一点的风景
收入最甜的心灵
再张罗一个晨光或暮色
在律动的脚步声中
将爱深情播撒

山河湖泊的气流中
那煽情的缠绵
不正是你多情的心韵吗
伴着柔和的清风
不远不近地听着倾诉

那滞留在空气中的唯美
让爱悄然成为永恒

最初的丈量
是一片一片细碎的情话
日子与岁月
煮沸了生活的美
于是在行进的途中
结满了友谊的果
还有无数健康的风景

38、夏日听荷

荷韵
是一阵凉风
穿行夏季
一汪碧池顶起湖光潋滟
听闻荷池馨香
拂去心头的燥热

穿行花海
花船脚步被熏醉
船头上的听荷迷
心

在荷香中游弋

又是夏日
500亩花景别样美
花瓣里蕴藏的诗魂
羞怯地在荷池中洋溢

微风拂来
听到了夏荷的喃语
蓝天碧水的景致
让心尖止不住窃喜

红色的
白色的
盛开的
含苞欲放的
在绿色荷叶的呵护中
在万物生灵的伴奏下
唱响了
甜美的荷塘恋曲

40、乡村野趣中等你

稻花香里说喜事

又一个香飘四季的韵律
眉飞色舞的村姑
蝶变成一束花
游人的指尖悄然触碰
留下一路余香
最终在那跳跃的心尖
形成醉美印记

这里的水很柔情
轻舟漾过湖心
秋水伊人的陪伴
送去的秋波
妩媚了水乡的那片春事
呢喃如蜜的浪漫
随清新的风信步飘远

房车营地驻下的几许风景
与人文八景的传奇相辉映
夜色巴黎般的景致
总能点亮你的激情
而牵引你食欲的味蕾
总是在张扬他们多彩的个性
…………

这就是水乡麻涌

一个充满乡野情趣的地方
小桥流水人家的风景里
蕴藏着一幅小资生活的水墨画
或许你就在艳遇的风口上
多一些青春与美景相约
他（她）就在乡村野趣中等你

41、乡村振兴之梦

有一粒叫古梅的种子
生长着渔歌唱晚的故事
800年后拔节成经典
岁月静好
几许风花雪月的梦呓
点赞风情万种
欢歌香飘四季

一处水闸
关起一湖风景
一条绿道
美幻一路风光
一个凉棚
唱响了现代版水乡粤韵
一个农庄

惊艳着都市田园的梦境
一幅诗意乡村的美图
在人来人往的微笑点缀下
露出了野趣浪漫的轮廓

水做的乡村
水是永恒的主题
亲水的乐章总有许多温情
永远的水岸春天
就是水乡人最美的记忆

42、乡音

弯弯曲曲的声音
绕过耳际
窜进了心灵谷底

是仙女湖边的孔雀？
开屏的节拍如此的美丽
是荷塘月色的清唱？
旋律柔和了一脉涟漪
是搅乱春心的风语？
激越了荒芜的绿地
还是绵绵不绝的细雨？

滋润心尖的狂喜

是　或许不是
都在亲昵的乡恋里
是　或许不是
都在烟雨的情话中延续
魂牵梦绕的相约
悄然远离冬季
春天
在浪漫满屋的温馨里偶遇

聆听您的呓语
天籁纸鸢如期而栖
待到山花烂漫时
又现丝路花雨？！

43、烟雨麻涌亦风景

五月
挥不去的雨
打湿了麻涌的诗情
那一幅湿润柔和的图画
镶嵌着甜蜜的情丝
微微如醉

细细流波

华阳湖上
依亭凭栏
看烟雨煽情地包裹水面
偶尔划过的渔舟
泛起朦胧的情话
水岸边
花红草绿的风景
披上梦幻般的银丝
飘动的气流
甜丝丝的
心
被这份烟雨迷乱

走进乡村
湿湿的古巷、祠堂、凉棚、河涌……
静静地叙说历史的久远
瓜果、绿道、农庄、民宿……
在烟雨中彰显娇嗔与含蓄
走进香飘四季
体验古梅乡韵
人间最美的大自然纯情
悄然走进了烟雨的故事里

44、迎春长跑

迎春长跑
每年例行的故事
然而今天
是那样的让我们春心萌动

又是以春的名誉
我们相约长跑
拈花寺我们拈花一笑
开始心灵会意的行程
阳光穿透蓝色的天际
心海翻滚着惬意暖流
环湖水光潋滟
煽情的绿色之风
抓一把柔柔的
吸一口甜甜的
享受一路绿离子的醇香
似醉非醉
似梦非梦
跑动的脚步如云飘飞

迎春长跑
给自己内心一个唯美的春天

跑出的每一步
都是2017的精美乐符
梦幻开启的新年
随一程欢愉的节奏
在款款深情的步履中
幸福前行

45、约会春雨

约会春雨
心在草长莺飞的水岸逸动
丝丝缕缕的甜
拖住了春的脚步
那是谷雨的呢喃润物无声
飘飞的柔情里写满爱恋
春天里的雨丝
美了风景
醉了李仙

约会春雨
粤韵轻和花语做伴
水乡暮春的骚动激情无边
那片片湿润的绿
晶莹中透出万般娇情

湖岸的生灵偷窥着这场私约
瞪大了双眼
绿道边的蕉林菜地上演贪婪大戏
瓜菜蔬果偷袭着这私密的幸福

约会春雨
一如约会收获的梦想
因水而盛依水而兴
春雨汇流成满城的春水
装点着全域旅游的新景致

46、值守的风景

新年快乐的笑靥里
有很美的风景
连同岗位值守的快乐心境
一同写进新春的诗意里

万家灯火透露出摇曳多姿的美
一阵一阵的欢笑
洒落在色彩斑斓湖面
这是除夕一夜的和谐幸福图
定格了一切的美好

贺岁的礼花鞭炮
升腾了新年的一串串希望
炸响在春天的多情谷
新年的希冀如此有冲击力
在岁首的绚丽色彩里
缤纷起无数人的梦想

值守在如此美妙的时间节点
心潮澎湃　　热血沸腾
辛苦已经不是什么故事
万家欢乐的喜悦
成就了我们激越的新年旅程

我们在这里值守
将爱根植于这块美丽的土地
从此有淡然恬静的心花
播撒到幸福美满的人间

SHANSHUI ZHILIAN

山水之恋

青山绿水间

蕴藏大自然的馈赠

走近她

听一声“我氧你”

心

就会在这里做永久停留

1、追梦

一帘幽梦
恍如真切娇影
扭动的妩媚
伴随浅浅的微笑
停留在
一个不该停留的边际

那是灰紫色的梦境
可那梦
总是在点亮我的怡情
我在梦里追逐
嬉笑有些恐怖
但掩埋在初冬的情绪里
总有一丝希冀
因为梦的那一端
维系着春的幻想

于是
我会沿着梦的方向
深深浅浅地去远行
我会抱着拯救的心态

真真切切地去唤醒
于是
我会将梦的美丽
打造成色彩缤纷的爱巢
把整个冬天的冰雪融化
于是
我会将梦的完美
点缀得让上苍伸出爱抚的手
将你我的世界
镶嵌得温馨如意无与伦比

相信梦境的语言
冬天来了
春天还会远吗

2、晨雾打湿的思绪里有你

晨雾携裹一种淡淡的乡愁
随一步一步的呼吸
感受丝丝缕缕的甜蜜
而后
心中升腾的那份缠缠绵绵
全部裸露在打湿了的思绪中

汉仙岩
一个久远的传说
汉钟离得道时倘若有知
会将这甜美的风景写进仙书吗？
指尖滑过的雾丝
揉到了心里的那块痛处
思乡情怀与美丽风景的精妙碰撞
便有了那份萦绕于心的火花

浸浴在如诗如画的美景里
任凭纷乱的情感在风景里撒野
思念曾经的开始
独恋你的姣美
爱的旋律不仅仅是汉仙岩的温度
还有汉钟离营造的梦里仙境
更有现代会昌人创造的人间奇迹

3、初恋

那是一阵不听话的风
搅动我的春心
让情感皱成了纱
很软　很细
很甜　很纯

拥抱着月光的柔
醉话缠绵
梦呓般流淌于唇齿间

触摸着彼此的心跳
黑夜撕裂那朦胧幻觉
一个初吻一阵相拥
惊飞了那个成长的梦
初开的心扉随暖色的夜风
泛起阵阵涟漪
花季的秀色夺月而逃
惊与喜混编成趣

我的初恋
记忆被岁月蹂躏
有些酸涩
有些甜蜜
藏在发黄的字里行间
偶尔　　还会有墨香
你与我
是否都不愿尘封

4、果

很嫩很嫩的山头挂着青春的你
讲着不老的童话
摇曳的山林
躲藏着温情的阳光

山的这一边
很远很远的树梢
有很多很多的仰望者
他们用溪水煮沸了一腔热情
共同为天使庆生
你是属于谁的棉袄？
贴紧春的肌肤
有了乍寒还暖的味道
天边红透了的霞光
是不是你的盖头
在等待世人揭开？

远山送来了你的消息
说痴情聪慧的你
迷失了通往苍老的路
停留在青春的山坳里打转

岁月已老你仍静好
花海依然娇艳
远方有家
爱　已在生命的一端开始芬芳

5、共和国摇篮曲（组诗）

云石山

随石级而上
达云山古寺之顶
仰慕的心情亦随之登顶

奇石之中
曾有伟岸身影
忍辱负重
犹如山石一样坚硬
信仰
从未改变

暗自运筹帷幄
把心交给未来
云石山上的风
吹开云雾

寻觅真理
随即
惊艳世人的长征
史诗一样壮丽
大国复兴之旅
从这里开启

红　井

红井之水
叙述一个朴素的传奇
最早的民生实事
贴紧百姓
躬耕一隅
吃水不忘挖井人
时刻想念毛主席
教科书一样的经典
80年传承不息

井水之甜美
滋润着红都人的心境
风雨求证
红井不仅是井
还是一个心系民众的标杆
井水常在

标杆永辉

红军广场

红军广场
与红军一样历经战火
而不曾倒下
广场正中耸立的炮弹
是红军将士的身躯
震住红土地的灵魂
壮美永恒

无论春夏秋冬
这里的烈烈军旗飘动依然
无论男女老少
都来追忆敬仰时代英雄
共和国雏形的光芒
随着岁月的奔流愈发闪亮
红军广场的故事
就这样与历史的辉煌交织

6、故土

风景独好是故土的香味

很纯的恋情
在湘水一岸歇息

冬日我们抱起暖阳
爱在老宅与新城间疯长
那丝丝缕缕的岚山韵
倒影在曲曲弯弯的河床
深浅不一的脚印
丈量出关于四季的乡愁
斑白的鬓发
是否在叙说唯美的情话？

来了，回来了
携手浓浓爱意
搜寻八巷那久远的记忆
邀几许芳心
借一处月亮湾风景
随汉钟离的仙踪魅影探秘
又一次的青春年少
留在了故土的馨香里

7、桂花的影子

你是乡愁里的淑女

或隐或现
飘忽到青砖瓦房的墙头
停留在石级小巷的台阶
定格于小桥流水的溪边
流连在荷塘掩映的走廊
一颦一笑
打动着山村的风景

你古朴典雅的幽香
精致成世人的珍藏
在一个个月圆的梦里
成为诗画中的娇娘

风徐徐吹来
吹出一个关于秋的故事
故事里
秋韵很美
不仅是远山的枫叶
扑鼻而来的清香
带着丝丝的甘甜
浸入心扉

8、蝴蝶不懂花的泪

很痴情于春天的季节
因为有一树花香
你缠绵的身影总是打动芳心

为此可以经常听到你的歌声
伴着轻盈的舞步
把丝露花雨的温馨
播撒到甜蜜的情话世界

可是有一天你看到的是
花丛里有一张强装的笑脸
你一脸不解
色彩斑斓的翅膀
瞬间变得有些沉重

不是翩飞的路径给你难题
也不是多情的风雨
催生了你的忧郁
是那香体无以名状的苦笑
折断了你幸福的沉思

而后
你还没有听完故事
就搅乱了花的心事
继续着你双宿双飞的旅行
天空里留下的
是一串带泪的花语

9、画桥遗梦

画桥
宁静而安详
桥面石块凹陷的轴痕
诉说着画桥的繁忙
印记着画桥曾经的风景

画桥之恋
不是凭空臆想
腥风血雨年间的一场大捷
让画桥在共和国史册上
留下荡气回肠的美
从此
静静的画桥
犹如一位美丽端庄的女子
迎来无数敬仰

画桥上
总有寻美的故事
一代接一代
相传不息

80年后
画桥依旧
军号耳边依稀响起
枪炮声
恰似一段雄壮的乐符
震撼心灵
仰慕画桥
爱恋画桥
岂止是一场无声的洗礼

画桥之美
还在她初心的梦想
那支当年的孤军
是梦想
成就了一首壮歌
画桥遗梦
让无数人深情解读
那流传于山间的史诗
伴随着现代节奏
让后人在永恒的思念中

幸福长吟

（注：画桥是指江西省余江县画桥镇，余江县第一届苏维埃政府所在地）

10、黄元米果

大山孕育的黄元树
用他天然的碱性
与风情万种的大禾米
连起客家食谱的一部史诗

叮咚的山泉水
穿越时代的久远
来到农家庭院
在充满年味的气息里
泉水扮演着特殊的角色
黄元树经历大火的历练
他的灰烬人生
在泉水的过滤下
有了新的使命

黄元树用他的最后动力
与大禾米产生了辉煌的一夜情

而后带着满身的金黄
一同进入饭甑
发酵一段甜蜜旅程

从饭甑出来
香味沁人心扉
早就等候在石臼旁的“打手”
是一帮左邻右舍
他们用特制的硬杂木棍
在石臼里棒打不散的鸳鸯
韧性与力度的持续抗衡
与嘴里那有节奏的吆喝
形成了一曲特别的交响

黄元米果
赣南非遗美食
在剪不断理还乱的乡愁里
总有说不完的故事
突然有一种想法
一定要走进客家原始部落
去体验打黄元米果的乐趣

11、今又重阳

孩提的时光镜里
有一幅爷爷奶奶的画
蓑衣斗笠遮掩不住的伟岸
全部遗落在他们慈祥的微笑里

青春也有一面魔镜
变幻着许多梦想
电闪雷鸣过后的平静中
总能感受到岁月的磨砺

不经意就这样老了
还能翻版罗曼蒂克的青春年少?
或许九霄云外的秋雨会懂
宿命安然
一切还要阳光温暖
只有脉动的心
才是激情向上的渊源

今又重阳
踏上又一片关于青春的旅程
携你的手同创世纪烟雨

带一瓣花香
随心灵一起飘远

12、苦是咖啡游走的怀想

冬至大如年
南粤的世界很温暖
绵绵佳节情思
捆绑于流浪的心灵
淡淡的乡愁
随节日的风弥漫开来

想起在一起的日子
厮守着那一份怯怯的缠绵
心有点乱有点乱
相伴的日子太短
漂移的目光太深情
刻意对方的音容笑貌
忘乎所以
在无声的内心咆哮
爱
从此迷失方向

你走了

留下无尽的牵挂
自此
咖啡与思念相伴
你问我相思何等苦
我说
相思之苦
就是这咖啡游走后的怀想
让我沉浸在梦与非梦之间

13、累，还是不累

天空累了
放弃了太阳选择了月亮
花儿累了
放弃了美丽选择果实
烈士累了
放弃了幸福选择了牺牲
画桥累了
放弃了喧嚣选择了静默
采风团累了
沿着先烈走过的路
弯弯曲曲
摇摇晃晃
寻找梦开始的脚印

追思红色的原始韵味
为此我们放弃怡情小调
用心谱唱红色旋律
为此我们选择跨越险峻
与大山同累
与岁月同辉

（注：画桥是指江西省余江县画桥镇，余江县第一届苏维埃政府所在地）

14、力量

力量的宽度
大于山脉经纬
古铜色的肌肤之亲
有一抹汉香
撼动孟姜女的泪

力量的长度
与疆域边关之雄风媲美
登顶的号子穿越时空
好汉歌里
古典与现代交融
油光滑亮的信念里

流淌着最煽情的美韵

力量的高度
是新时代最强的担当
那结实的支点
是正能量的爆发源
每一步上升的节奏里
都有最美勇士的搏击音

15、留住青春

举杯相邀同桌的思忆
心依然有些沸腾
是不是那些曾经的青春
又袭扰久闭的心扉？

很爱很爱你
我们不再年轻
踏着风雨
我们一路留下美丽的过往
青春易老
情谊越发像熟透了的葡萄
甜美了整个相聚的夜晚

点亮一盏心灯

透明着你我的纯情罗曼史

借着秋风我们相拥

用心的语言重复爱恋

眼睛有些湿润

不要质疑爱有多深

请把这份相聚收好

都来祝福一声

老同学请珍重

我们要让珍藏版的青春故事

在一年一年的记忆里

留下不老神话

16、龙虎山情缘

（1）

暮色降临

农家小院收起白天的精彩

柚子树下

谈龙话虎诗情豪放

粤赣情谊

随歌声弥漫

激情与静谧糅合

点缀龙虎山的夜色
那一抹唯美
丰满着采风日志

（2）

梦想有一天
会有闻鸡起舞的乡村爱情
龙虎山的早晨
让梦境变成了现实
在甜丝丝的雾里
喷涌出浓浓的爱
没有城市的喧嚣
心灵被山露洗涤
清新的风
吹拂负重的胸襟
即刻变得轻盈
一路呼吸着美景
来到码头那端
隔河相望
龙身虎影踩着绿色水面
相视相拥
等待日出
当太阳冉冉升起
山水即刻在朝霞的光辉中

变得风情万种
大山，树林，河水，卵石……
和着山水中万物精灵的鸣笑
组成大爱与大美为主题的大合唱
龙虎山的灵魂
在柔美阳光的映衬下
熠熠生辉

（3）

上清古镇
上演穿越的唯美
古色古香的民居
蕴藏着久远的经典
鹅卵石的故事里
蕴含着历史的吆喝
桂州河畔
红军会师的欢笑依然
天师府里
道教文化的精髓历久弥香
人文上清
古典与现代的完美结合
打造出一个五星的梦想

17、庐山恋

说庐山很柔情
那是她喜欢说烟雨情话
不小心踏入那个圈子
湿润的情感便毫无忌惮
随雨丝的柔软甜进心底

一段共和国的历史
在烟雨云雾的缭绕中
有一种特别的仙气
感受伟人的心脉在起伏
若然有指点江山的韵律

说庐山很俊美
那是她用坚毅书写生命
奇石异松之间
衍生出蹦跳的溪流
在你不经意间飞流直下
抛下一路冷艳与惊叹

要识庐山真面目
你必定要用心与之交流

爱恋庐山
有心灵的护佑前行
用雨丝般的柔甜
去触摸她的柔情与俊美
用阳光般的笑脸
去丈量与攀越险峰峻岭
那一抹人生的精彩
注定会与你不期而遇

18、那颗星星

浩瀚星空总有许多猜想
美丽多情的你
会停留在哪个角落？

最喜欢你的笑
划过夜空穿进我的心里
在细碎的语音里
我听到了深邃的哲理

那颗星星
留在了我的记忆里
多少年后的陪伴时光
会让宇宙万物惊叹

驱赶夜的寂寞
你是至高无上的魂

或许此后的每一个夜晚
会有你做伴
留住青山作证
牵你星光那飘逸之手
翱翔于人生最美的梦境

19、南社印象

明清的味道
在南社流传开来
古典的记忆很绅士
纷至沓来的点赞里
有我一款深情

雕檐画栋
溶久远的历史于祠堂
精美的艺术
积淀成村宫皇蜜
丝丝缕缕的香甜
随岁月的久远
而繁衍开来

夯土红墙
是南社极美的风景
它用实实在在的身躯
撑起了祠堂和民宿的美

百岁坊与进士牌
是南社历史纵深的美韵
石级与小巷
勾勒出远古遗风
爬满青藤的小屋
飘出古典与现代的音符
榕树下
一群演绎南社情缘的舞者
用相机记录着幸福怡情
把欢笑
永恒在古色古香的韵律中

（注：南社，广东省东莞市的名胜古迹）

20、女神与海

心想着那片海
蔚蓝了一串深情的诗句

就在海那边的晨风里
飘逸着女神煽情的浅笑

岸边，细浪拖曳着绵沙
任凭阳光点杀赤脚的惬意
懒懒的娇艳
悄悄地爬上了浪尖

似梦非梦的沙滩
突然有了些许的仙雾
女神在雾气蒸腾的缝隙
用琴棋书画展示水一样的柔情
击溃了不远处那偷袭的目光
赢来了海潮的钦羡，渔舟的欢歌

天际红了，霞光妩媚
海鸥亲吻海面掠来爱的诗行
女神陶醉了，无力反抗
倒在了大海那宽阔的胸怀里

21、漂流

青山淹没了喧嚣
奔流的溪水

吞咽了难熬的热流
清凉随皮筏回转
尖叫的呻吟
汇成欢乐旅程
一路狂泻

触摸着山林的体温
呼吸着清凉的气息
心
在湍急与矫情的博弈中
焕发无与伦比的愉悦
快乐天使
就在一片戏水的喧闹中
随波逐流

湿了
不仅是身体
还有一颗颗萌动的春心
激流险滩
英勇奔涉
魂飞谷壁
颠驰山泉
长者的欢颜
青春的浪漫
在这流动的旅程中

幸福绽放

22、亲亲的爆米花

爆米花
开在遥远的山村
轰然的巨响
伴着光脚丫的欢笑
甜甜的香香的味道
流溢在清纯的乡村小道

爆米花又来了
摇动的古典
升腾为现代童话
都市里的温馨小插曲
唤醒多少儿时记忆？
你在奢华的那头
是否怀有悠悠的情思
让这一抹乡愁
变成永恒的风情画？

亲亲的爆米花
亲亲的你
心有灵犀的意会

总会绽放会心的微笑
遥远的故事里
牵手的梦想
有了青春的荣光

亲亲的爆米花
甜甜的牵挂
……

23、平安的你

宁静的初冬
爱被输入平安密码
心在远方
惦念在枫叶红了季节
留下你美丽的娇影

你在远方还好吗
一路走过的艰辛与委屈
是否还坚定你的人生格局？
他乡的日子
守住平安的根基
未来有梦
追随平安的音符

尽享到达彼岸后的幸福

相信有平安为符
冬天已近
春天还会远吗？
平安的你
永远平安

24、山海里的青春笔会

选择月圆时刻出行
是因为那久远的约定
用山堆积了青春的誓言
即便风雨兼程
内心也有一片很美的风景

这里的山以根为量
每一根山都有传奇的脸谱
大小高矮或是兄弟或是情侣
转瞬间被云海包围
形成满眼的多彩图
让驿动的青春涌动激越情怀

夜色降临山寨

酒便是对歌的主题
每一根绷紧的神经里
无论男女
都有一股团结的血性
歌声很美
酒也在接力中燃起一片激情红
喜庆就这样被豪气征服
闯进了月圆花好时刻

这是山海里的青春对话
一种梦想与现实的对话
一种触及心灵的对话
多少年以后
我们依然能想起这根根山的情怀
一样诗情满怀
直到真情久远地老天荒

25、山水情话

山的呓语里
有对水的眷恋
水的情愫里
有对山的感怀
峡谷里的一树老藤

讲述着山与水的深情
峰顶与阳光撒欢的小鸟
欢歌着山与水的浪漫

山有些庄严肃穆
随岁月流转
已是魁梧得有些诡异
低处往高处的轨迹
一级一级地放送
越是艰险越有魅力
无限风光
总被勇敢者生擒猎取

水从起源就似一位佳人
汇流到悬崖更显坚强而妩媚
直流飞泻三千尺的瑰丽
凝筑起欢笑的瞬间
以撞击艰难险阻为荣
一路高歌猛进
直扑海洋心底

山水之别思念起
怎甘萧郎是路人？
情到深处
别样春季唤君归

26、舌尖的恋情

最初的一种味道
是舌尖顶起的古老的帆
有些粗犷
有些辛辣又不乏甘甜
水做的乡间炊烟
有浓浓的鱼腥与幽幽的蕉香
舌尖的恋情
已悄然流传800年

那密密麻麻的歌
唱着弯弯曲曲的曲调
岸边升起的吆喝
穿透陆上蕉林
孩童的嬉笑声中
品出了最真的味道

历经很多的酸甜苦辣
历史沉淀了一脉幽香
用水命名的舌尖恋情很久远
串起了无比馨香的美食故事

踏着水路驿道远行
舌尖的恋情有了新的传奇
中外名厨的锅碗瓢盆勺
撑起了舌尖恋情的现代版
水乡新城舌尖恋情故事
从此更有一种各领风骚的佳话

27、深秋的海

——写在2017记者节

深秋的海
有点寂寞
是过往的负重
还是深蓝积淀的沉思？

岁月与海的港湾
都有浪漫纯情的思忆
冲击波的弧线
写满激情
巨浪拍岸的声响
是青春的誓言
踏过巨浪
来到平静的海域
心胸卷起幸福涟漪

风雨记者路
一如深秋的海
喜怒哀乐
阴晴圆缺
随多年的追逐
转换成多情的阳光
融入海景的天际

28、桃花恋

向着三月的春色
你轻盈地走来
一树的妩媚
一树的娇艳
醉了溪流
醉了青黛山川

很不经心的脚步
进了你的世界
经不住你的那份诗心诱惑
我春心荡漾
凝视你赋予这个春天的颜色
缠绵的诗句喷涌而出

其实，不仅仅是我
很多有春之梦想的生灵
都在贪婪地吸吮着你的美颜
你含笑应对着所有的痴迷
不卑不亢，不远不近
用不是矜持胜似矜持的手法
给世间留下了春风十里不如有你的念想

29、听闻有雪

听闻有雪
一个尘封已久的概念
即刻活跃起来

鹰潭下雪了
一幅雪域山川的美景
穿行脑际

诗城往事
印有才女俊郎的骚动
龙虎山一夜销魂
惊飞了多情的山鸟
从此

骨髓里多了一份鹰茅情节

如今下雪了
当年遮羞的橙树
联谊的枝叶冻折了没有
是否还有一份狂喜的冰花
在叙述粤赣情谊
那乡野的上空飘忽的笑声
是否结接成千里冰天
炫耀雪肌

最怀念的鹰潭
雪地沐春光
几时再团圆？

30、我陪你到老

是不是你一脸的坏笑
就能阻止爱的行程？
是不是你不解的风情
就能左右春的邀约？
不能　　你什么都不能
爱是心灵深处的约定
你只能被缘分彻底俘虏

来了，就在那不远处的拐角
不经意间
闯进了罗曼蒂克的茅草房
我们相逢在昏黄的灯光下
牵手即成为当初最复杂的礼仪
手心的汗滴
印证了一个春的故事

从此　　我们再不会分开
尽管风雨兼程
但信念与格局完成了一个大写的人字
生命的血液里
就有了永久的牵挂
我们娇艳的旅程
就此成为不老的童话

31、相遇在最深的秋

霜降的日子很惬意
温热适度
与你的微笑一样
如期而至

或许就是一种久远的念想
在最深的秋
会有心跳的慌乱映满晚霞
可你却如一道彩虹
架设在我的心海之上

你款款而来的靓影
媲美山间清泉的纯韵
甘甜浸透着思绪
浓烈的程度足于撞击心灵之门

突然有很柔和的音律
呼唤着迷情的小镇
这是最后的秋天
一切就要进入冬眠
那似醉非醉的情感
会是一样的节奏吗?

相信秋天前行的誓言
相信冬天来了春天并不遥远
相信夜晚过后的天明
相信我们会踏着深秋的彩虹
走向那个属于你我的彼岸

32、小镇广场舞

曾几何时
小镇刮起一阵风
美与时尚
随大妈舞动的韵律
在小镇弥漫开来

夜色倾城
律动的广场涌动生机
伴着晚风呓语
轻松扭动
妩媚在指尖滑落
娇艳随舞动的节奏张扬

是情感放纵?
是健身所需?
是追随潮流?
是或者不是
都演绎了一种精彩
幸福从此在小镇张扬
夜
有了新的内涵

笑意的舞步
和着怡情和友谊
印记在潮流的声浪中

33、心雾

那是高山之巅吗
还是董永那千年的藏仙岭？
问号悬在心口
答案却结成了一团心雾

其实不用纠结风景的出处
仙仙的风骨已透露逼人的春意
这必定是游离于山水之间的精灵
用登高望远的执着
在诠释仙境里的凝望与等候

是啊
飘拂不定的绿偷走了那颗芳心
倚栏眺望泛波的绿海
是否在畅想大山的伟岸
那一望无际的雄性脉络
是否在姣美的内心种下爱的种子？

就像山间的轻雾
缠绵我的思绪的不止这风景
那种恬静里蕴藏的感情波澜
透露出咄咄逼人的才气
抚琴弹奏的是一曲美人谣吗
高山流水遇知音的韵律
空谷幽兰似乎有了唯美的回声

喜欢做梦
总给自己添一头心雾
但你要清醒
这会是你的梦中情人吗
我只能从心底抨发与空谷一样的回声
独恋这一份娇美
乃至那春心满满的仙地意境

34、幸福来敲门

远方的寂静山风
吹来清澈溪流的体香
那根青藤上的阿娇
点一树花开
纷乱了所有的迷情

搜寻复杂的心路
穿越情感的森林
沿着清流指定的方向
找来了一处失眠的风景
不紧不慢的期待
那一季风语不休的呢喃

永远的乡村风景
点缀了一汪隆盛的情韵
踏遍小桥流水人家
飘香的四季
总有幸福来敲门

35、一路向北

紫荆洒落一地红毯
北方的寒冬向南方召唤

冬天里
一路向北
那是紫荆心灵的宣誓
在花谢的一刹那
紫荆心头闪过对春天的憧憬

北方的风景
雪是最真的主角
静静地
用纯白的语言演说柔情
飘落的瞬间
那一眼回眸让人间动情

醉美北方
还有冰的传奇
湿冷的肢体
常常散发出超人的能量
悬在心口的冰尖
用晶莹剔透的银色旋律
唱响着人间美好向往

色彩很艳
景色壮美
紫荆自行铺就成行的路
就此一路向北
孵化多情的思绪
成就春天的梦想

36、因商而聚 因聚而昌

因商而聚
因聚而昌
行走商海的游子
寻找到家的方向
迷人的笑颜
在莞邑大地精彩绽放

这是一群南飞的雁
尽管有犹豫有彷徨
但目标既定
抱团成行即刻让行程华亮
人们看到
会昌商人大写的一个人字
在飞行的天空中
展现独特魅力
彰显勇猛坚强

这是一艘远行的帆船
经历过风雨
见证过彩虹
未来商海或许会有风浪

但齐心划一的船号
定能准确地把握航向
带着会商的勤勉与激情
驶向成功的彼岸
奔向富庶的殿堂

皆是九州子弟
都有湘水情缘
一脉商场战事
心与心交往
红土地孕育着智慧
打拼中释放出能量
已经吹响的奋进集结号
将引领会商走向更大的成功
将打造风景这边独好的新乐章

37、又见炊烟

关于炊烟的记忆
尘封已久
在深秋季节
有一处竹林人家
重拾了不少乡韵往事

村前的石板桥
印有远山的轮廓
那磨坊还在流传爱情故事
风车摇出淡淡的乡愁
篾箩里
盛装着当年的童话
护院的老狗
穿越时光忠诚地呼吸着
期待主人丰收归来

山村有些古老
思忆仍然历久弥新
曾经的小鸟欢歌流水潺潺
在一幅现代构想的美图中重影
灶台依旧柴火依然
幸福的炊烟
就这样在万千宠爱中
在景区游客的头顶上
在密林枫叶红色的色调里
在乡间田园煽情的花海边
飘忽盘旋
袅袅不散

38、瑜伽印象

伴着舒缓的音响
柔和的曲线伸展变换出妩媚
蜻蜓点水
掠过一阵迷人的轻盈
在静与动之间
浮现一种张与弛的美

你是最美的舞者
你用肢体的韧劲
在细品笑看人生风轻云淡的韵味
在你心灵的深处
有一幅岁月的风尘图
沿着图的路径
指尖轻点便穿越欲望的森林
来到了初始的纯净与安宁

得一方清风
卷起一帘幽梦
掬水月在手
搂雪春满园
心灵归属于柔美
万物唱起了吉祥一家亲

在形体与心灵的修炼中
让久违的情感重新鲜活而充满亮色

39、远方飞来的香吻

如电一样的激情
在网络的一端静静地发作
热度越过不一样的警戒线
整个朦胧的夜晚
都在感受唇印的晕眩

这就是你的香吻
飞越了厚德载物的墙体
穿透力在顽固的心灵深处打磨
最终释放出排山倒海的浆液
击碎了所有的顾忌
在岁月轮回的严冬季节
让心头的热成为永恒的温情

不要任性吧
收下月色给你捎来的关于我的问候
很纯的不带一丝功利的问候
这个冬天的故事
注定需要一曲浪漫的恋曲作为终结吗

来年的春天
是否会装下芬芳绚烂的远方
还有这羞花闭月的娇情

不管如何
你的香吻弥足珍贵
我会记住今晚的所有
而后
静静地等待百花盛开的春天

40、远去的背影

难舍的回眸
随飞吻与泪花飘远
看到你脚步的缠绵
心痛到了咽喉
心雨不断
泪湿衣襟

说好的不分手
却因飞来的阴差阳错
打乱了爱的方寸
从此不见了那份纯真
布满疑惑的路

走得痛苦
走得艰辛

就这样你走了
背影虚幻成永恒的回忆
执着的爱恋
却穿越时光的隧道
越显清晰

41、远山的记忆

封存已久的记忆
没有任何开启的征兆与痕迹
却在不经意间刷开了屏
一张发黄的老照片
让远山有了清晰的思绪

那个小山村很久远
又很近很近
你纯洁得如一张白纸
含蓄地用目光凝视远方
吉他里的乐曲
是否弹出了青春的恋曲？
圆圆的足球

是不是想表达你的理想的梦呓？
青山模糊的棱角
掩埋了青春的锋芒印记？

多年以后的答案
让所有熟悉与不熟悉的人痴迷
从山里出发的清纯少女
用温柔的手法打开一片商机
才情毕露的脸上
荡漾着自信与欢愉
爱琴海难于找到的故事
涌到了你事业的春天里
远山呼唤曾经的美好
新时代点亮你未来的天地
你踏着远山的记忆前行
永葆青春的靓色
去领略幸福的风雨

42、在诗里，为你捧一树花开

诗意生活
尤为激情浪漫
有诗的日子很阳光
心灵深处

总会荡漾悠悠情话

在诗里
你是世间美的化身
妩媚的倩影
在脑海荡起私密邀约
心被幸福煎熬
情在甜蜜甜蜜中永生

在诗里
我是一个小丑
将爱含蓄吞吐成叛逆
美好却永远驻守在心灵深处

在诗里
你是春天的永远
美丽用智慧妆点
生命由此迸发出经典

在诗里
你就是我心中的相思树
为你捧一树花开
环宇的亮色
随诗意盎然
释放出五彩缤纷

43、这样的思念

春夜
总有星光打乱我的思绪
风月无边
丝雨缠绵

这是爱吗？
无法一语论定
只是
当夜色的诱惑来临
总是闪现你的影子

当然　你会说
爱不是这个样子的
但是我要问你
爱　究竟有多少魔方？
你也懵懂
一脸懵然

其实　你我都明白
爱早已生根发芽
还需要什么去佐证呢

这一片星月已经发话
你我注定会是一世的冤家

44、烛光

轻轻地
你舞动一抹幽蓝
在静谧的心湖
燃起心灵涟漪与激情梦幻

是你窈窕的那束光影
催生了那一角缠绵？
是你摇曳多姿的舞步
创造了百转千回的爱恋？
你用直挺挺的柔情
温馨了模糊的人间
你用燃烧的热情
创造了一份守望幸福的甘甜

岁月的鳞片随温情闪艳
芬芳的孤独在跳跃的火花中休眠
星月作证
这份幽静里蕴藏的奉献
就是一组华丽的诗行

点亮春华秋实的殷实流年

45、东力畅想

是一阵很强的香风
浸透到我的思绪里
散发出来的香甜
迷情于整个世界

我其实就叫东力
一个捕捉机电情缘的纯情少年
活力只是我的一部分
而智慧
却随实力的债张而征服寰宇

因为我年轻我帅气
我不安分的思维
总在进取的思潮中博弈
于是
总有青睐于我的目光
那么火辣辣地让我心情愉悦

我朝阳般的气息
贴紧新时代的脉搏

用超前的行为规则
轻盈地妆点自身的惊艳
于是
形成了一幅经典的人文东力巨画
藏匿于画中的一个个精英
诠释着什么是“东力”
什么是“东方力量”！

我很年轻
我的心属于百年梦想
意气风发
砥砺前行
我会以骄傲的成就
塑造完美的机电香风
从绽放精彩的莞邑出发
一路向好
香飘万里

GUYUN XINFENG

古韵新风

传承唐宋遗风
在唯美典雅的风骨里
吟诵春秋风景
一展新时代的精气神

1、七绝·春暖

湖光潋滟笑春风，醉岸妖姿景不同。
万树花开香浸脉，蜂欢蝶恋众人疯。

2、七绝·牧归

戏卧牛身秋意闹，西山日暮笠遮天。
金黄牧地随心转，浪漫逍遥醉若仙。

3、七绝·梦境

银树月桥飞柳岸，伊人迟暮聚枭雄。
水天一色琴箫起，南国春光映日红。

4、七绝·梦呓乡愁

睡梦依稀伊露艺，惊天艳遇醉桥头。
乡音恋绕岚山雾，故土欢歌万户悠。

5、七绝·夜航

逸动轻舟摇呓梦，光音夹岸溢船头。
微风暗送温馨蜜，夜色撩人醉不休。

6、七绝·冰月如花

玉指轻弹世外音，瘦娇半睡阅瑶琴。
爬墙青绿知春事，冰月如花最悦心。

7、七绝·放牛

远山临暮满霞天，完牧催鞭露笑颜。
乡寨炊烟峰侧过，童嬉归路乐无边。

8、七绝·高山之恋

高山秀谷春光动，魅丽娇仙上雾巅。
静候凝思君做伴，心随意动爱相牵。

9、七绝·仙境

绕山仙雾恋舒云，倒影茅亭绿作裙。
大美春光关不住，摇舟轻度爱相殷。

10、七绝·英雄祭

四月灾魔起火山，卅名郎俊去无还。
英雄壮举惊天下，魂脉乘烟绕宇寰。

11、七绝·咏元宵

月圆灯火阑珊处，箫响凭栏听雨时。
花吻清风香几朵，梦中牵手闯天池。

12、七绝·暮色红霞映日辉

暮色红霞映日辉，浅滩靓岸景芳菲。
天鹅戏水添诗意，爱撒人间比翼飞。

13、七律 · 春早

山林野雾锁花庭，几许香丝绕瘦伶。
亭墅阁前移秀步，风云月下动芳翎。
滨江水暖千村艳，蜂蝶交欢万树青。
牵手双飞何日至，与君同梦享春馨。

14、七律 · 春耕

陌上青苗吐绿丝，农家沃野插秧时。
老牛犁土催春色，新器锄耕现美姿。
小院菜香飘地际，乡村景靓赛天池。
庶民忙种丰收树，勤勉吟书幸福诗。

15、蝶恋花 · 踏雪寻梅（新韵）

雪地浮萍盈靓丽，难觅知音，忽现春心丽，几许光阴一脉遇，笑声穿越寒冬季。

最是梅花逢绚季，凭冷开香，芳艳无边际，踏梦前行牵手去，鸳鸯比翼今生戏。

16、画堂春·明德胡家

明德二月聚欢祥，胡家盛事盈堂。
脉人诚意颂功芳，一届留香。

放眼宗亲事业，族人竞显辉煌。
来年再做俊明郎，鼎旺悠长。

（注：2019年2月23日，会昌县胡氏宗亲联谊会第一届五次全体理事（扩大）会议在会昌县胡氏明德堂召开，谨于此文以示祝贺！）

17、浣溪沙·等

挥泪话离不了情，心花折断梦难醒。娇声绕耳怨魂惊。
最恨远空分隔恋，问天何日汇香厅。等伊千载铸芳名。

18、浣溪沙·独恋乡间野趣欢

独恋乡间野趣欢，钟情方寸世桃源，春花秋月映亭轩。

近看山峦仙欲跃，如诗如画醉心端，携家带口共团圆。

19、江城子·荷塘春色

荷塘馨色满园芬，景怡人，俏争春。丽颖红妆，静夏阅莲纹。花蕾吻肩情荡漾，君不见，乱纷纷。

当初英俊少年魂，忆思亲，恋回颦。往事如烟，侧脸答羞唇。最是花香迷乱眼，心花放，悦乾坤。

20、浪淘沙令·洪水过西江

洪水过西江，一片汪洋。百年一遇重灾荒，万舍劫难凄景惨，尽毁春光。

猛雨酿天殇，民众心伤。幸亏党政速相帮，施救及时齐赞颂，百姓安康。

（注：西江，指江西省会昌县西江镇）

21、南乡子·春夜游湖

夜色阑珊。水国轻舟绕浅湾。月上船头观影秀，争先。美韵穿湖赛八仙。

阅景凭栏。两岸春声动丽颜。心路漫长谁顾恋，真难。迷乱情怀爱不完。

22、如梦令·佳节情思

月靓人娇如凤。琴韵笙歌媚颂。欢乐汇佳时，樽酒和君与共。

珍重。珍重。心若桃花烟梦。

23、唐多令·故地重游

仲夏立舟头，远山映水流。数十年，故地重游。剑胆琴心思硬汉，春光泪，几时休。

眺望岸边鸥，江心船晃悠。秀白裙，一脸清幽。欲引郎君同上路，此生恋，共春秋。

24、西江月·娇娇少女

秀发披肩炫丽，纯情唤醒青春。身娇体艳瘦佳人，堪比小乔媚嫩。

童趣撩兴爱韵，暖阳抚慰心门。梦圆几许择良辰，醉卧陶然情困。

25、西江月·落阳山

高耸入云伟岸，腾云追月怀渊。春来秋去客寒暄，仙境溢盈峰冠。

青绿满山飘逸，人文千里婵娟。风和日丽阅娇妍，心醉吟诗许乱。

26、武陵春·春归（新韵）

情宿心间思旧事，丽貌俏佳人。风动茵芳两岸芬，独恋渡舟神。

鸟鸣枝头百花放，又是一年春。物是人非爱守真，情动满乾坤。

27、西江月·放牛

仰卧与牛对话，几声鸟应参言。多方灵性逗欢天，草绿芳香溢遍。

云淡风轻好景，心平气顺佳颜。人间仙境似桃源，盖世童真不变。

28、西江月·清明

万里殊途归祭，千山先祖醒容。虔诚点亮烛香红，躬礼哀思泪涌。

细雨缠绵心路，和风相伴仙踪。子孙世代认源宗，福禄安康与共。

29、玉楼春·雨听琴声慢

细雨轻风邀丽燕，倚宇听筝依瘦殿。春思凝望意中君，何日临窗亲笑面。

水滴石穿情慢恋，郎俊女娇成对雁。琴声穿越定情山，逸动凡心频梦见。

30、鹧鸪天·禾雀花

藤树欣开禾雀花，身娇影丽秀枝丫。风吹香绿摇新境，月映烟春留艳葩。

影相伴，恋芳华。手牵心梦筑巢家。密林深院皆成对，绚烂千年迷醉霞。

31、最高楼· 胡家颂（外两首）

吟家谱，世代好荣昌，环宇衍明郎。
陈胡先祖开基业，众贤文礼溢华堂。
揽功名，行德义，孝留香。

新时代、传承先古志。再发展、旺添多喜事。
勤筑梦、著华章。
缤纷世界多芬彩，名门府第竞豪强。
看风流，唯古月，最精良。

32、蝶恋花·重拾梦呓

古韵墙前思往昔，窈窕娇身，惦念芳春忆，多少春秋花谢毕，心伤何止幽诗笔。

再赴故园君鹤立，物是人非，情怨销魂泣，破镜重圆需毅力，前缘不尽几时入。

33、清平乐·岚山

岚山春早，风动痴情鸟。林密山高香缠绕，晨语仙声甚好。

游子重阅容娇，伟人仍领风骚。俯瞰九州蝶变，侧听喜炮呼嚣。

34、念奴娇·荷塘情思

粉妆素裹，泛舟听荷去，芳心如意。骄日暖身春潋滟，碧水秀波湖里。苞蕾含羞，虚抛娇艳，欲放还遮体。此番风景，笑翻船尾佳丽。

痴眼遥望天边，抛情送媚，心唤君来睇。多少情思依梦恋，又是一年花地。手放胸前，眼眸微闭，祈祷重相缔。密莲丛里，吻香迷醉仙鲤。

35、鹧鸪天·日康精英

盛景临康映日红，员工优秀立头功。创新高效赢天下，爱撒全球路顺通。

皆敬业，树星风，为人榜样最荣宗。百年基业君耕力，筑梦青春耀彩虹。

36、清平乐·日康

商海天地，唯有新庭起。创立日康兴盛季，伟业初呈英气。

追梦再遇良机，寻乌兴业相宜。智造再谋发展，百年盛景佳期。

37、七律·徒步踏青

旖瘦春光漾绿菲，伊人徒步沐晨辉。
细腰劲腿忙穿越，蜿径香街展秀围。
几树花开铺盛景，众君笑聚阅欢扉。
踏青牵手邀三月，浪漫怡情与日晖。

后　记

《为你捧一树花开》，这是我的第一本诗集，收入的是2016年11月至2019年7月的诗歌作品。能赶在中华人民共和国成立70周年之际与读者见面，总算能为我们的祖国捧一小树花开，甚为欣慰。就以此作为一份小小的礼物吧，献给我们的祖国。

1、关键词：写诗

写诗，早在高中时期我就有这个爱好。参加工作以后，我的时间和精力，都交给了工作和生活，曾经有一段时间写过不少散文和报告文学。诗写得很少，能拿得出手的作品也是少之又少，很多时候，我近乎把诗歌这一概念给淡忘了。

几年前，中国作协主席团成员、首届鲁迅文学奖获得者陈世旭来到水乡小镇麻涌开展文学创作交流活动，我有幸见到了我的偶像级文学大师。与之交谈中，深深感受到他对文学追求的执着与韧劲，从那时起，我沉寂了多年的文学梦又复活了。当然，梦想并不是指一定要达到陈世旭这棵“中国文坛的常青树”那样卓越的成就，但能像他那样为梦想与追求“笔耕不辍”，做自己喜欢做的事情，就足够了。

那次见到陈世旭之后不久，麻涌镇文联与江西鹰潭市文联组织粤赣作家艺术家联合采风团，深入粤赣两地开展采风活动，我参加了。在这个活动中，作家诗人们畅游山水，借景抒情，即兴写诗作赋，尤其是来自中国微诗城鹰潭的那些诗人的微诗写作才情，更是让我领略到诗歌的唯美，把我深藏在骨子底下的诗情激发了出来，一发而不可收。

此后，读诗写诗就成为我每天的必修课。

麻涌，是一座诗情画意的富矿。作为麻涌当地一名宣传工作者，目睹了麻涌这些年的变化。很多时候，我的诗歌作品就是在新闻采访的现场一挥而就，如《田园画》《古梅生态园（微组）》《夜游》《草根英雄》等诗歌，就是在采访现场被所见情景触动，当场就用手机写了下来。在我的诗集中，有不少诗歌作品就是这样诞生的。

当然，由于平时工作比较忙，更多写作时间是在晚上。临睡前，看看诗词，理一理思绪，总会有写作的冲动。尤其是近两年来，我被多家微刊聘为特约诗人，尽力完成微刊布置的一些作业，参加一些诗词写作竞赛，这些都给了自己一个写作的理由和动力，成为一种习惯以后，从中也体验到不少活在诗里的乐趣。

2、关键词：情诗

正如钟明教授在序里所说，我的诗歌，以抒情见长。流淌在诗歌里的情，是我的所悟、所感、所思、所爱，字字句句都是心声。

诗人就是情人。

我是麻涌的情人，写麻涌的人和事，字里行间充满了感情。

我是大地的情人，写绿水青山充满了柔情。

在这本诗集里，收入的作品有微诗、十行现代短诗、古诗词等多个种类，诗的内容大多都是山水田园、风花雪月，因为我爱祖国各地越来越好的自然生态，尤其是逐步成为全省、全国环境治理典型的麻涌，作为工作、生活在这里的一名宣传工作人员，对生态之美的赞誉之情跃然纸上。

爱你，就虔诚地为你捧上一片真情；爱你，就真诚地为你捧一树花开。

我的梦想就是成为一位“大众情人”，写大众万物，抒万般激情。我与我的情诗（思），永远在路上。

3、关键词：谢诗

《为你捧一树花开》如期在中华人民共和国成立70周年之际与读者见面，最想要说的话就是：感谢！

首先要感谢的，是让灵魂纯净的诗词。沉浸在诗词的世界里，我无比充实。少了应酬，少了时光的虚度，让我精神焕发，活力倍增。

第二要感谢的，是领导与老师们的关心、指导与鼓励。东莞市作家协会主席陈启文、常务副主席胡磊，原东莞市作家协会主席詹谷丰，麻涌镇党政相关领导以及麻涌镇文联、作协的领导和老师，对我的诗词创作都给予了指导和鼓励，他们都是我坚持诗词创作的原动力。

第三要感谢的，是时刻关注我成长的友人。江西会昌金汇实业集团董事长郭开顺，是我同学，多年来一直支持和鼓励我进行诗词创作，每次回到老家，他都盛情邀请我前往他的公司，关心了解我的创作动态；东莞市东历机电有限公司总经理王兆海，东莞市日康实业有限公司总经理康新庭，是两位有比较高文化修养的企业家，特别崇尚企业文化建设，经常邀请本人参与他们企业的文化活动，并对我创作的诗词进行点评。麻涌镇古梅生态农业园的负责人邹卫明，东莞市麻涌华阳体育俱乐部总经理黄浩等麻涌本土企业家更是热心支持我们的采风活动，经常给我们采风提供便利。钟明、黄银平、陈柱明、黄建东、叶翔清、萧穗玲、梁盛强、胡瞬华等本土老师、微诗刊诗友经常一起切磋交流、指导，让我在诗词写作上不断地进步。

《为你捧一树花开》是我的第一本诗集。说实话，出版诗集，心情很忐忑。但丑媳妇总要见公婆，于是就有了这本诗集。由于本人才疏学浅，虽然每一首诗词都精心打磨，但诗词里仍然会有缺陷，还有待于各位朋友指正。未来，在全国经济社会转向高质量发展和“湾区都市品质东莞”“湾区科创新港生态品质麻涌”的大环境下，我将不断总结写作经验，争取创作更多更好的诗词作品。

胡见宇　2019/8/7 于广东东莞